Café Crème

Delphine Chatrian

Café Crème

Et au petit matin, un homme révolté se réveilla

Éditions Les Passionnés de bouquins

2021

Éditions les Passionnés de bouquins
36 impasse du Tonkin - 69290 Craponne
email : contact@les-passionnes-de-bouquins.com
site Internet : www.les-passionnes-de-bouquins.com

ISBN 978-2-36351-111-9

Photographie de couverture : collection personnelle de *Delphine Chatrian.*
Conception graphique, correction et mise en page : *Lisa Poncept.*
Direction éditoriale : *Guillaume de Uffredi.*

« Nous nous révoltons, donc nous sommes. »
Albert Camus, *L'Homme révolté.*

Préface de Patrick Breuzé

Il en est des romans comme des visages. Certains marquent, d'autres pas. C'est le propre de ce nouveau roman de Delphine Chatrian de ne pas laisser indifférent.

Un roman dont le titre, *Café Crème*, nous emmène dans les méandres de l'humanitaire avec ses ombres et ses lumières qui vont apparaître au fil des pages grâce à une construction très bien menée. Au départ, tout est conforme à l'idée que l'on se fait des *french doctors* et de ceux qui leur ont succédé.

Il faut d'ailleurs bien connaître ces structures, leurs rouages et la personnalité de celles et ceux qui s'y engagent, pour ne pas faire de faux pas dans la psychologie des personnages.

Pour avoir côtoyé les fondateurs de Médecins sans frontière lors de leur retour du Biafra, je sais les écueils et les erreurs. Je connais la sensibilité et les errements de certains d'entre eux. Quelle belle aventure de se mettre au service d'une cause sans rien en attendre en retour. Du moins, c'est ce que l'on pense communément. Mais il y a aussi d'autres faces. Et Delphine Chatrian n'est pas tombée dans le piège de la candeur.

On ne s'engage pas sans raison dans ces structures. Et le héros de ce roman, Estéban, n'échappe pas à la règle.

Il y a ce mélange de romantisme flamboyant, cette envie non dite de se surpasser pour une cause, d'apporter aux autres ce dont ils ont tant besoin. L'auteure fera dire à son héros : « on ne fait pas le tri entre victimes et bourreaux, on n'a pas le temps, l'urgence c'est de sauver des vies. »

Avec une écriture efficace et sans mots inutiles, l'auteure refuse de mettre ses personnages en situation d'être jugés par le lecteur. On les accompagne, on vit avec eux, on les soutient en silence… avec d'autant plus de prudence d'ailleurs qu'il y a des ombres qui rodent autour d'eux : des passages à tabac, des doubles jeux, des disparitions suspectes. Nous sommes dans un vrai thriller entre Lucinges en Haute-Savoie et Sciez au bord du lac Léman.

Cela sonne vrai. Ce n'est pas dévoiler un bien grand mystère que de révéler que certaines opérations humanitaires servent de couverture pour faire du renseignement. Comme certains reportages servent aussi, à l'insu ou non des journalistes, à recueillir des informations sensibles. Un célèbre reporter d'images en est mort.

Au final, ce roman a ceci de particulier qu'il ne tombe jamais dans la facilité et se refuse aux effets lyriques. Les personnages s'accrochent à la vie, la leur et celle des victimes, construisent un monde qu'ils tentent de transposer là où ils sont envoyés. Cela donne matière à un roman original et à des personnages auxquels on s'attache comme si on les avait déjà côtoyés. C'est le propre de tous les romans, sauf que là il suffit de sauter le pas. Sortir du roman pour aller vivre un morceau d'humanité. C'est sans doute cela qui rend ce roman si attachant.

1

La soirée promettait joie et simplicité, c'était Estéban qui l'avait organisée et les invités tous habitués à son caractère jovial étaient d'humeur festive, chacun un verre à la main déjà, commençant à se dandiner sur la musique que produisait le trio de jazz. Estéban avait toutes les raisons du monde pour mener joyeusement cette troupe dans une douceur futile, pourtant, entre deux mots adressés aux uns et aux autres, il jetait furtivement des regards vers l'extérieur de son café. À Jade qui remarqua sa nervosité et qui l'interrogea à ce sujet, Estéban répondit avec un large sourire que Jules n'était pas encore arrivé et qu'il se demandait s'il se prenait déjà pour une star ou s'il s'était finalement dégonflé ! L'accent du sud avec lequel il chantonna cette réponse trompa Jade qui l'interpréta comme un signe de bonne humeur alors que, gommé par de nombreuses années d'exil, cet accent ressurgissait au contraire lorsqu'Estéban perdait le contrôle.

Presque tous les convives se connaissaient entre eux, ils étaient des habitués du café, habitants du petit village perdu dans la Vallée Verte qui offrait chaque soir à ses résidents des airs de paisible retraite après une journée citadine passée à Genève où la plupart d'entre eux travaillait.

Un premier solo de la contrebasse salua dignement la soirée chaleureuse que le soleil tardivement estival ne semblait vouloir quitter qu'à regret, alors que l'automne rappelait son ordre, septembre commençant à faire rougir les arbres. Les applaudissements unanimes interrompirent l'éternel laïus de Michel qui, il le faisait savoir, désirait ardemment voir se rompre les liens qui unissaient sa contrée à la France, arborant en permanence un écusson suranné de la ligue savoisienne. Ceci dit, cela ne changea rien, personne ne l'écoutait jamais vraiment, l'interruption de sa ritournelle n'émut personne, ni lui-même, du reste, habitué qu'il était à être inaudible.

Jules n'était toujours pas là, Estéban servait des verres les uns après les autres dans un geste habile et coutumier, il veillait à ce que tous ses invités s'amusent, mais son inquiétude allait grandissante. Il abandonna son poste un moment et sortit observer la route, comme si regarder fixement dans la direction d'où Jules devait naturellement venir finirait par faire apparaître les phares de sa voiture. Rien. Désert.

Il fut tiré de cette courte pause d'inquiétude par ses invités qui réclamaient le capitaine du vaisseau, moins pour remplir les verres que pour sa présence, comme si son absence générait la peur panique de passagers redoutant soudain le naufrage. Ils avaient besoin de le voir à son poste.

Tout le monde l'aimait bien ici, en très peu de temps il avait imposé sa figure amicale et sereine, et sa constance avait fait de lui un repère rassurant. Il était arrivé huit ans auparavant, il avait rouvert le café « L'Abyssin » et aussitôt dissipé l'air de désolation dans lequel tout le village semblait prostré. Il régnait une atmosphère fantomatique sur cette petite place devant l'église, la seule, formant le centre du village qui distribuait ses habitants le long de deux routes étroites, sinueuses et pentues.

La réouverture du café signalait comme une résurrection, avec un petit cœur qui s'émouvait, et les habitants du village tellement anxieux à l'idée qu'il puisse refermer s'étaient évertués à entourer Estéban de visites quotidiennes.

Sa silhouette élancée, la régularité des traits de son visage au grain fin et légèrement hâlé, puis ses yeux clairs avaient parachevé le tableau de sa bienveillance. Il n'en avait pas fallu davantage pour faire de ce nouveau venu un noyau de la vie du village. On l'avait accueilli comme un printemps tout neuf, on lui avait témoigné amitié immédiatement. Si bien que personne ne s'était jamais soucié de son passé au sujet duquel Estéban demeurait des plus discrets, sa présence était de loin plus importante que n'importe quel secret. Pour lui, la situation était des plus confortables, ce dont il se montrait reconnaissant en offrant à ses clients son attitude charmante. On frôlait la vie bienheureuse et insouciante, celle qui laisse paisiblement le temps s'écouler de lui-même, et les années rendait le creuset de plus en plus douillet.

Mais une telle quiétude, quoique bien méritée, à force de durer, finit par réveiller cette agitation qui n'avait jamais quitté Estéban, en dépit des apparences, bien dissimulée aux yeux du monde sous ses airs angéliques et cette sorte de candeur volontaire.

Des acclamations intempestives surpassèrent soudain Coltrane interprété par le trio, Jules, le héros de la soirée venait de faire son entrée dans le café d'Estéban, visiblement gêné, il tentait de se cacher derrière son ombre que l'empêchait de trouver cette foule venue l'entourer. Il souriait bêtement, incapable de prononcer un mot, ni de répondre aux bonjours, ni de remercier pour les « félicitations » qui pleuvaient sur lui. Ses petits yeux bleus tentaient de sourire aussi, tout en sautant frénétiquement en tous sens à la recherche d'une issue à cette situation qui heurtait de plein fouet sa timide discrétion. Estéban vint à son secours, écartant la troupe d'accueil sur son passage, Jules trouva en son regard amical de quoi se formuler une nouvelle contenance.

– Salaud ! lui dit-il

– Tête de mule ! lui rendit Estéban, il faut pourtant bien que le monde découvre ton talent ! Et moi je préfère que ce ne soit pas à titre posthume !

Il servit une coupe de champagne à son ami et en l'honneur de Jules, il lança à la volée un toast qui fut aussitôt repris en chœur par la joyeuse assemblée.

Estéban attendit que les projecteurs se détournent de Jules pour lui dire :

– Je suis content que tu sois là, je n'étais pas sûr que tu viennes après…

Jules regarda Estéban droit dans les yeux avec une assurance qu'Estéban ne lui connaissait pas.

– Après quoi ? demanda-t-il d'une voix ferme.

Estéban, déstabilisé par cette attitude nouvelle chercha à interpréter ces mots et le ton employé. Menace ? Vexation ? Déni ? Après tout, c'était vrai, l'incident qui s'était produit était minime.

– Non, rien… Laisse tomber ! finit-il par déclarer,

décidé à ne pas risquer de gâcher la soirée.

À vrai dire, Jules s'était comporté de façon bien étrange ces derniers temps, mais ce n'était pas du tout le moment d'entamer une conversation à ce sujet, d'ailleurs, Mireille venait juste de faire irruption auprès de Jules, c'était elle qui les avait présentés l'un à l'autre cinq années plus tôt.

Estéban en profita pour reprendre son rôle auprès des convives. Pierre était présent ce soir-là, c'était d'autant plus remarquable qu'il ne se montrait jamais en soirée, et Estéban était ravi de le compter parmi les invités. Il s'entendait bien avec lui, le philosophe. D'ailleurs les deux seules fois où Estéban avait fermé l'Abyssin deux jours consécutifs avaient pour unique motif des sorties en montagne avec lui. Pierre était un natif, il avait grandi à Lucinges, village qu'il n'avait quitté que très peu, le temps de ses études universitaires à Grenoble, puis le temps d'effectuer ses missions de professeur agrégé dans le Nord, durant trois ans. Il était revenu s'installer dans la maison familiale dont il avait hérité à la mort de sa mère, accompagné par son épouse et leur jeune garçon.

Avec Pierre, tout était des plus simples, ou des plus complexes, selon l'angle de vue. Les rapports humains ne s'embarrassaient jamais avec lui des menus soucis que la vie quotidienne agrège insidieusement, il ne posait jamais de questions d'ordre privé, écoutait toutefois le cas échéant, mais généralement sa façon de conduire la conversation ailleurs lui épargnait les velléités de confidences et de futilité. Ses centres d'intérêt étaient bien ailleurs, puisant leur source dans tous les domaines de connaissance, sans exception, il aspirait au bon fondement et à la précision de ses arguments, et son jeu favori était de débusquer tout manquement à la rigueur rationnelle dans n'importe quel discours, sans jamais manquer d'humilité cependant, sans aucune volonté d'humilier, en bon pédagogue. Estéban apprenait toujours auprès de lui, et finalement, c'est sans aucun doute celui qui le connaissait le mieux dans ce village. Car il partageait avec lui ses plus profonds tourments et c'était réciproque, cherchant dans le versant intellectuel quelque solution ou remède.

Ce soir-là, Pierre était donc venu, mais il ne resta pas longtemps, il vint saluer Estéban et s'éclipsa assez tôt. La soirée était toujours charmante, des éclats de rire ponctuaient la musique, à contretemps, les tables avaient été poussées spontanément pour ouvrir un espace aux danseurs inexperts mais juste entraînés par l'ambiance festive. Estéban était heureux de les voir tous s'amuser ainsi, même si certains commençaient à montrer des signes avancés de griserie qu'un tour dehors aurait sûrement arrangée.

Le succès était relatif toutefois, car personne ne semblait se préoccuper des gravures de Jules desquelles les murs étaient parés, or Estéban avait organisé ce vernissage uniquement pour faire sortir l'artiste de sa réserve. Il aimait son travail minutieux aux motifs organiques mêlés d'éléments technologiques qui rendaient un effet presque monstrueux sans l'être tout à fait. La finesse de la résolution, du geste et de l'exécution avait toujours épaté Estéban. Que l'on pût jouer d'un tel raffinement avec une machine aussi imposante qu'une presse lui semblait une véritable prouesse. L'artiste ne ménageait apparemment pas sa peine, le plus souvent reclus dans son atelier fermé à double tour et où personne n'était autorisé à entrer, situé dans un hameau à quelques kilomètres de là, à Chezabois-Dessus, sur la commune de Ballaison.

Depuis que Mireille lui avait présenté Jules, Estéban s'était senti investi d'une mission très particulière consistant à faire connaître les œuvres de l'artiste, à promouvoir son travail. Mais la tâche s'était révélée de plus en plus ardue, car Jules se renfermait à mesure qu'Estéban tentait de le tirer de sa réclusion. Il avait dû jouer finement toutes ces années passées pour conduire l'artiste à accepter d'exposer enfin.

Pourtant, Jules était vraiment étrange ces derniers temps, Estéban avait eu vite fait de mettre ce comportement sur le compte de l'anxiété à l'approche de l'exposition et avec elle, de la soirée du vernissage, même si cela ne pouvait pas tout expliquer. Puis il y avait eu ce petit « incident ».

Un matin, trois jours plus tôt, Estéban avait rendu visite à Jules. Il l'avait trouvé dehors, le regard perdu à l'horizon et prenant un café à l'ombre du figuier dont le tronc protégeait la fenêtre de l'atelier des regards des visiteurs. Il semblait de bonne humeur et avait accueilli aimablement Estéban. Ils prenaient tranquillement le café ensemble sous le figuier lorsque Mireille était arrivée, accompagnée par un inconnu.

Le visage de Jules s'était tendu aussitôt à la vue des deux arrivants, il avait scruté l'homme, ne le quittant qu'à peine des yeux le temps d'embrasser Mireille. Tous étaient restés debout, dans ce temps de flottement généralement dissipé par une invitation à s'asseoir, mais il n'y avait que deux chaises, et Jules ne semblait pas du tout disposé à aller en chercher deux nouvelles. Il avait attendu plutôt, sourcils froncés, qu'on lui révélât l'identité de cet inconnu et les raisons de cette visite impromptue. Mireille avait alors fait les présentations, Jacques était un collectionneur genevois qui avait accepté de voir les œuvres de Jules, à la condition que ce soit chez l'artiste, et en sa présence. Jules avait jeté un regard furieux sur Mireille.

– Oui, désolée, Jules, je n'ai pas eu le temps de te prévenir ! avait-elle dit, sur un ton cajolant, en prenant Jules par le bras et en faisant glisser sur lui un regard qui se voulait charmeur. Et puis, de toute façon, avait-elle repris taquine, tu n'aurais jamais accepté, alors voilà, parfois il faut forcer un peu les choses !

– C'est une excellente idée ! avait ajouté Estéban, enthousiaste.

– N'en rajoute pas, toi ! avait alors dit Jules brusquement. Seulement, désolé monsieur, avait-il repris en s'adressant sèchement au collectionneur, personne d'autre que moi n'entre dans cet atelier…

– Je vois, avait répondu Jacques, un peu piqué par ce drôle d'accueil, peut-être pourriez-vous me sortir quelques œuvres alors ? Ne me dites pas que j'ai fait la route pour rien !

Sans un mot, Jules était entré dans l'atelier, laissant les trois autres dehors, debout sous le figuier. On avait pu l'entendre ouvrir des tiroirs, des portes de placard, remuer des choses à l'intérieur. On avait échangé quelques banalités et sourires, comme lorsque l'on ne se connait pas, que l'on sait que l'on n'a pas le temps de s'engager dans une longue conversation et que sans doute l'on ne se reverrait pas.

Jules était d'abord ressorti avec un banc en bois, et sans

prêter aucune attention aux trois personnes qui l'attendaient inconfortablement, il était retourné dans son atelier d'où il était revenu avec trois œuvres, qu'il avait apportées une par une et disposées à la verticale sur le banc. La petite troupe s'était immédiatement approchée. Mireille trépignait, elle était impatiente d'entendre la réaction de Jacques. Jacques demeurait impassible et silencieux. Jules suivait la scène comme de l'extérieur, retranché derrière la muraille qu'il s'était évertué à dresser entre lui et ses contemporains. Mais devant l'absence de réaction du public, Jules avait rentré ses œuvres, une par une, sans un mot. Il était ressorti de l'atelier et attendait. Jacques l'observait, soudain, il lui avait demandé de ressortir l'œuvre réalisée à l'encre. Toujours mutique, Jules s'était exécuté, il était retourné chercher le tableau et l'avait posé à nouveau sur le banc. Tout le monde se surveillait, et une imperceptible gêne s'était mise à gonfler.

– Ce n'est pas l'encre…, avait prononcé Jacques, perplexe.

– Si, s'était contenté de répondre Jules avec nonchalance.

– Mireille, avec tout le respect que j'ai pour vous et pour votre époux, je vous affirme que je n'ai pas l'habitude d'être pris pour un imbécile. Si vous permettez, je vous dis au-revoir.

– Que se passe-t-il ? avait alors demandé Mireille affolée

– Il se passe que monsieur me sort une gravure en soutenant que c'est une encre…

Mireille avait fusillé Jules du regard, lui avait eu un instant de panique, Estéban avait remarqué ce phénomène qui ne lui correspondait pas du tout.

– Oh, pardon, Jacques, je pensais que c'était celle-ci que vous vouliez revoir, avait dit Jules avant de partir chercher une deuxième œuvre.

– Vous plaisantez ? Jacques commençait à s'énerver vraiment en découvrant la seconde gravure.

– C'est que… Je vous ressors les trois… avait dit Jules qui visiblement se cherchait une consistance.

– Voilà, celle-ci ! Jules avait enfin apporté l'encre. Elle est magnifique ! s'était exclamé Jacques, comme adouci par la vision de l'œuvre. Je vous la prends !

Mireille qui venait de passer par toutes les couleurs intérieurement, avait éprouvé un tel soulagement qu'elle avait même poussé un petit cri aigu et ridicule. Estéban avait félicité Jules et offert un clin d'œil complice à Mireille, mais sa joie était retenue par la scène étrange qui venait de se jouer : Jules n'avait pas rapporté la bonne œuvre, il s'était trompé à deux reprises, volontairement ? Pour faire avorter toute possibilité de faire connaitre son travail, donc ? Ou involontairement ? Comme un imposteur ? Il avait agi comme s'il avait été pris en faute.

Estéban n'avait pas donné suite à ces pensées, toutefois, la petite graine d'un doute s'était introduite dans une anfractuosité. Mireille et Jacques étaient repartis, Estéban les avait suivis, laissant Jules seul avec cette nouvelle inattendue de l'acquisition d'une œuvre par un collectionneur genevois, devant son café froid, à l'ombre du figuier.

Le collectionneur n'était pas venu au vernissage, Mireille était accompagnée par un autre homme, son époux sans doute, pensa Estéban à qui n'échappaient pas les signes infimes d'une complicité et même d'un mimétisme, presque, dû à une fréquentation assidue de longue date. Repérables instantanément au milieu des habitués, les inconnus étaient peu nombreux et apparemment tous affiliés à l'un ou l'autre des invités.

Presque tous.

Car il y avait parmi eux un homme ni tout à fait connu ni tout à fait inconnu d'Estéban. Café Crème, c'est ainsi qu'il avait surnommé, pour lui-même seulement, cet individu qui venait chaque dimanche matin à la même heure, s'installait à la même table, celle qui offrait à la fois discrétion et poste d'observation, puis il commandait un café crème et restait assis apparemment le regard vide, mais Estéban qui n'était pas dupe avait bien remarqué que l'homme ne cessait de l'épier en douce.

Il ne buvait jamais son café crème.

Hormis sur les courtes syllabes des éléments de politesse, Estéban ne connaissait pas les intonations, ni l'accent, ni la voix de Café Crème. Son allure racontait de lui qu'un événement au moins avait dû l'accabler dans un passé peu lointain mais qu'il s'efforçait de maintenir sa dignité, il redressait régulièrement d'un geste brusque et conscient ses épaules et sa tête qui avaient tendance à s'affaisser lentement au-dessus de la tasse à café. Aussi, il devait avoir une quarantaine d'années, selon Estéban qui s'amusait à spéculer sur le compte de cet inconnu, il portait une chevelure épaisse et noire, mais deux salves avaient comme subitement frôlé ses oreilles, imprimant symétriquement de part et d'autre de son visage aigu, deux tracés d'un blanc vif. Il portait toujours le même genre de tenues, propres à le rendre quasiment invisible, des tons neutres, vêtements pas trop chic ni négligés, entre deux.

Estéban l'avait remarqué en se disant que Café Crème avait un savoir certain en matière d'habillement, il savait assembler les éléments sans aucune faute de goût, tous les détails semblaient soignés, pourtant, tout était choisi pour ne pas retenir l'attention.

Tout sauf ses voitures. C'était extrêmement déstabilisant pour le jeu d'analyse d'Estéban, car si Café Crème souhaitait tant se fondre dans le décor, pourquoi conduisait-il de luxueuses montures dont les rugissements et couleurs étaient susceptibles d'ameuter tous les curieux des alentours dans un rayon de quinze kilomètres ?

Estéban avait bien tenté une ou deux fois de faire parler Café Crème, prenant le prétexte des automobiles, mais en vain. Par pur divertissement, Estéban essayait de percer le mystère de l'homme aux voitures de sport immatriculées en Suisse qui changeaient chaque semaine, presque. Une rupture ? Une faillite soudaine ? Des soucis fiscaux ? Les hypothèses ne satisfaisaient pas la question de sa visite rigoureusement ponctuelle du dimanche matin. Un projet de s'installer dans les environs ? Son comportement résolument fermé contredisait l'idée, une telle opération requérant des échanges. Une rupture épineuse avec une maîtresse qui vivait à Lucinges ? Estéban souriait pour lui-même lorsqu'il voyait Café Crème passer la porte, sa tasse était déjà prête derrière le comptoir, et son arrivée mettait irrémédiablement en branle l'activité hypothético-déductive avec laquelle Estéban était toutefois bien loin de soupçonner qu'il n'était lui-même pas totalement étranger à ce cinéma.

Le soir du vernissage, Café Crème était arrivé assez tardivement, et à vrai dire, il n'était pas entré tout à fait dans le café, restant à proximité de la porte, sa façon de balayer l'assemblée du regard à la recherche de quelqu'un n'avait pas échappé à la perspicacité d'Estéban, ni l'interaction à distance et silencieuse qu'il avait cru discerner entre lui et celui qui était sans doute l'époux de Mireille. Puis il était reparti comme il était venu. Les autres invités étaient tous bien trop occupés, qui par la musique, qui par une conversation animée, l'alcool produisant ses troubles de l'attention chez les autres. Mireille et Jules ne s'étaient pas quittés, ils s'étaient reculés un peu, progressivement au fil de leurs échanges qui semblaient aussi pointus que passionnants, enfin si l'on pouvait parler d'échanges, car la très volubile Mireille ne laissait aucun répit à son interlocuteur.

Jade sortait du lot. Elle s'amusait visiblement, dansait, riait, échangeait avec un peu tout le monde, mais tout en cherchant sans cesse le regard d'Estéban, ce que ce dernier feignait d'ignorer. Cette femme radieuse qui avait manifestement un faible pour lui ne le laissait pas indifférent, et en un autre temps, se disait-il, ou un autre contexte, l'euphémisme aurait volé dans un seul éclat. Mais Estéban maintenait délibérément une distance avec elle, ce qu'elle feignait à son tour d'ignorer.

Plus tard en fin de soirée, il ne restait plus qu'une poignée de fidèles, les musiciens s'étaient éclipsés déjà, chacun était parti en remerciant chaleureusement Estéban, les yeux encore pétillants de rires, de joie, de musique. Même les amis, Jules, Mireille et son époux avaient quitté le café, cette dernière avait juste pris le temps de faire les présentations rapides et bien tardives qui confirmèrent l'hypothèse d'Estéban, Martin était bien son mari, et c'était bien rare qu'ils sortent ensemble, et elle en était enchantée et elle en remercia d'autant plus le maître des lieux.

Jules parut une fois de plus bien étrange, car en partant, il s'était montré si détendu, simple et enjoué qu'Estéban avait du mal à reconnaître celui qu'il avait tant forcé pour qu'il expose et vienne au vernissage. Il s'attendait à une remarque de sa part à ce sujet, mais rien, et le naturel avec lequel Jules s'en allait sembla en désaccord total avec celui que connaissait Estéban. Ce dernier ne fit aucune remarque toutefois, et réserva sa perplexité pour une future conversation qu'il comptait bien provoquer un jour prochain. Sur le moment, il songeait plutôt au travail qui l'attendait encore, il devait ranger puis nettoyer, tout remettre en place encore avant de fermer. Il salua donc ses amis et les raccompagna jusqu'au seuil.

Il laissa la porte ouverte par laquelle un air vif et véloce s'engouffra puis tourbillonna dans le café, comme pour balayer les souvenirs olfactifs de cette belle soirée. Estéban était fatigué, il avait bien travaillé ce soir, mais il souriait car rien n'avait altéré la bonne humeur ambiante. Les musiciens avaient été bons, et la petite ombre formulée par l'attitude de Jules n'était qu'une vague poussière insuffisante pour faire céder le sourire d'Estéban. Les rythmes de *A nigth in tunisia* de Charlie Parker qu'il avait en tête lui donnèrent du cœur et de l'entrain pour manipuler les tables, les chaises, les verres. Puis, vint le temps de *Summer Time*, les gestes ralentirent, et Estéban sortit, il s'adossa un instant contre le mur latéral du bâtiment, ferma les yeux, et savoura le moment, celui où la journée de travail s'achève, où le calme et le silence s'installent, laissant la fatigue prendre son ampleur dans le corps et la tête.

Le moment que redoutent les insomniaques pour qui ses promesses ne sont jamais tenues parce qu'en dépit de l'amollissement annonciateur, le basculement dans le sommeil ne se réalise pas. Estéban avait de la chance, il le savait, car ses nuits insomniaques appartenaient au passé, résolument, et il goûtait chaque soir les délices de la dérive vers les rêves. Il rouvrit les yeux soudain, il devait terminer et fermer avant de sombrer dans le repos, il se dirigea vers la porte du café.

Brusquement, une voiture s'arrêta à sa hauteur, deux hommes en sortirent, Estéban pris de stupeur regarda instinctivement en direction du café, un autre homme en barrait la porte d'entrée, les bras croisés haut sur la poitrine, comme un agent de sécurité. Ce furent les derniers éléments qu'il put percevoir avant que les deux autres hommes ne l'attrapent, l'un le maintenant artificiellement debout sous les coups violents que l'autre lui envoyait en face, visage, ventre, jambes, et dont le premier avait suffi à étourdir Estéban.

2

Alors qu'elle s'apprêtait à prendre son petit déjeuner, Mireille perçut des voix venant du salon d'hiver. Voix qui s'efforçaient d'être discrètes et qui lui étaient familières mais pas ensemble. Elle s'y rendit et découvrit avec grand étonnement Martin et Jules en pleine conversation que manifestement son irruption interrompit.

– Jules ! Mais que fais-tu là ? Mireille passait son regard de l'un à l'autre, cherchant des explications à cette situation incongrue.

– Un mécène est intéressé par le travail de Jules, répondit promptement Martin, seulement, la condition qu'il a imposée pour engager le mécénat est que l'artiste s'installe dans les dépendances de son château... À Hangzhou, en Chine.

– Un château qui reproduit exactement celui de Miromesnil, ajouta Jules, il y a pire comme proposition !

Mireille resta bouche bée. Les éléments se bousculaient confusément en son esprit. Elle réalisa tout de même qu'il s'agissait d'une très bonne nouvelle et s'écria soudain, après un temps de silence interdit :

– C'est merveilleux ! Allons tout de suite voir Estéban pour lui annoncer...

– Je n'ai pas le temps, coupa Jules, avec une fermeté qu'elle ne lui connaissait pas.

Mireille interrogeait Martin et Jules du regard, tour à tour, mais ils semblaient faire bloc.

– Pas le temps même d'aller voir ton ami ? demanda-t-elle incrédule. Allez, viens, je t'emmène, et en chemin on s'arrêtera tout de même deux minutes au café…

– Chérie ! Tu vois bien que Jules est très pressé, n'insiste pas !

Les taches de rousseur disposées sur le visage de Mireille devinrent incandescentes sur le champ. Là, c'était un peu trop pour elle, l'intervention de Martin, avec une telle intonation abrupte et totalement déplacée lui arriva en pleine figure. Que se passait-il donc ? Jules était son ami à elle, pourquoi était-il venu à la maison voir Martin sans même la prévenir ? Et puis cette familiarité entre eux était totalement improbable.

Vexée par cette tournure qui avait fait d'elle une intruse indésirable, elle sortit sans un mot de plus, en examinant mentalement la scène qu'elle venait de vivre, et en essayant de lui fournir un sens. Elle se souvint que c'était bien Martin qui lui avait présenté Jules un soir, et qui l'avait encouragée à se rapprocher de ce jeune artiste qui méritait du soutien. Mais depuis, ils ne s'étaient jamais revus… Du moins à sa connaissance. Martin prenait de ses nouvelles parfois, naturellement puisque son épouse passait du temps avec Jules. Quant à ce dernier, il ne s'enquérait jamais de Martin…

– Mais qu'est-ce que c'est que cette histoire ? se demanda-elle à haute voix une fois dans sa voiture. Eh quoi ? Même pas le temps d'aller voir son ami qui, la veille encore, organisait pour Monsieur une soirée de vernissage ?

Mireille était furieuse, furieuse et vexée, et franchement perdue face aux événements. Elle devait aller voir Estéban, lui raconter et prendre son avis à ce sujet. Elle se mit en route.

Peu à peu, le ronronnement des roues sur le bitume et le fait d'imaginer Jules, en Chine, installé confortablement dans un atelier spacieux et lumineux, sous la protection d'un mécène vinrent couvrir le reste. Il fallait aussi annoncer la bonne nouvelle à Estéban, songea-t-elle en se radoucissant un peu. Car comme elle, Estéban avait toujours pris le parti de Jules, l'encourageant dans ses réalisations, le soutenant dans ses moments de doutes, forçant un peu dès que possible les événements de façon à promouvoir son travail ; tous les deux avaient cerné son talent et refusaient de s'arrêter à cette injuste loterie qui fait qu'un artiste perce, tandis que mille autres périssent. Cette proposition de mécénat était un véritable cadeau inespéré. Se regonflant d'amitié au point de ne plus penser à la scène du salon d'hiver, Mireille avançait en direction de Lucinges, dans cette campagne encore transie du froid nocturne que quelques timides rayons de soleil tentaient de viser au laser, produisant ici et là entre deux reliefs quelques souffles brumeux.

Elle finit même par s'en vouloir de sa réaction épidermique, Martin avait à vrai dire été bien plus efficace qu'elle et Estéban, pour la carrière de Jules, il fallait le reconnaître. Avec sa vie de diplomate, c'est vrai qu'il connaissait une foultitude de personnalités dans le monde entier, mais il n'avait pas été obligé de transmettre à Jules cette proposition d'un excentrique chinois ! C'était tout à fait gentil de sa part.

Ainsi donc, c'est dans une humeur tout à fait nouvelle que Mireille prit la route sinueuse qui conduisait au café d'Estéban.

Mais lorsqu'elle arriva sur la petite place, elle fut stupéfaite de voir le café fermé. Incrédule, elle tenta de pousser la porte en dépit des apparences, et elle s'obstina à vouloir l'ouvrir tout en scrutant l'intérieur par la vitre. Elle recula d'un pas pour une vision d'ensemble, cherchant un mot d'Estéban indiquant les raisons de son absence. En vain.

– Décidément, tout est bien étrange aujourd'hui ! dit-elle à haute voix. Ce n'est pas du tout son genre…, reprit-elle, Estéban ne ferme jamais… Enfin presque… Mais sans prévenir ?

Mireille poursuivit son monologue à haute voix en faisant le tour de la place à sa recherche, Estéban avait dû s'absenter quelques minutes, c'était la seule explication possible à ce phénomène.

Les minutes s'amoncelèrent pour former une masse informe d'inquiétude qu'une idée dissipa soudain :

– Il a fermé très tard hier soir, sans doute… Grasse matinée ?

Sur quoi elle regarda sa montre, il était neuf heures. Il était encore tôt…

– Un peu tôt pour une visite de Jules… dit-elle soudain à mi-voix.

Et de nouveau, le soupçon s'engouffra insidieusement dans ses pensées. En retournant dans sa voiture où elle comptait attendre l'arrivée d'Estéban, elle se remémora la soirée de la veille. Elle en était certaine, Martin et Jules n'avaient échangé que deux poignées de mains ainsi que des éléments courtois, pourquoi Martin n'avait-il pas parlé de ce mécène ? Il avait dû l'appeler ce matin, très tôt donc, et cet amateur d'art du bout du monde s'était décidé encore plus tôt… Rien ne collait, ni l'attitude de Jules, ni celle de Martin. Elle les revoyait tous les deux dans le salon d'hiver, avec cette complicité incongrue.

Et Estéban qui n'avait pas ouvert son café et qui n'arrivait pas…

Mireille démarra la voiture dans un geste machinal, puis, elle coupa aussitôt le moteur.

Ils avaient chacun une enveloppe entre les mains, et Mireille en était de plus en plus certaine, son époux avait tout fait pour dissimuler la sienne, beaucoup plus volumineuse que celle que Jules tenait, du reste, lorsqu'elle avait fait irruption. Les documents pour le voyage, s'était-elle dit en percevant l'enveloppe que portait Jules. Mais que pouvait contenir celle de Martin ? La proposition de mécénat à l'autre bout du monde, avec la condition que l'artiste vive sur place semblait crédible, dans le monde que fréquentait Martin, certes, et par ailleurs, comme elle admirait sincèrement le travail de Jules, que son époux lui transmît l'invitation à lui demeurait tout fait probable.

Elle avait vraiment besoin de voir Estéban, mais il ne venait pas. Elle démarra de nouveau, et de nouveau coupa le moteur aussitôt. Où pouvait-elle aller ?

Les mains sur le volant, elle récapitula à haute voix :

– 1. Martin a fait venir Jules très tôt, et à la maison de surcroît ; 2. La proposition du mécène est arrivée comme par hasard entre une heure et disons sept heures du matin ; 3. Ils ont échangé des enveloppes ; 4. Ils semblaient tellement familiers et complices — je l'aurais su nécessairement s'ils se fréquentaient ; 5. Ils ne m'avaient même pas prévenue alors que Jules est mon ami à moi, et Martin mon mari à moi ! 6. Martin a haussé le ton lorsque j'ai insisté pour aller annoncer la nouvelle à Estéban ; 7. Le café est fermé.

Elle avait vraiment besoin de parler à Estéban, mais systématiquement cette pensée faisait demi-tour face à un fait qui se dressait comme un mur : il n'était pas là.

Mireille fut sauvée de cette boucle infernale par un mouvement qu'elle perçut dans son rétroviseur. Sans même réfléchir, elle sortit de la voiture et bloqua le passage à l'homme qui avançait vers elle puis, sautant l'étape des politesses, elle lui demanda :

– Savez-vous où est Estéban ?

– Bonjour Madame. Insista l'homme, renvoyant Mireille à sa grossièreté.

– Oh... Pardon, oui... Bonjour Monsieur, Savez-vous où je pourrais le trouver ? C'est vraiment urgent !

L'homme la toisa non sans une pointe de mépris et répondit :

– Je ne sais pas ce qui *pour lui* pourrait être plus urgent que les soins qu'il reçoit en ce moment même... Aux urgences, justement ! Il s'était remis en marche, ce disant.

– Monsieur ! Attendez, s'il vous plait ! cria Mireille en le suivant. Aux urgences ? Pourquoi ? Où ? Depuis quand ? Qu'est-ce qui lui arrive ?

Face à l'inquiétude qui semblait sincère, l'homme se ravisa sur le compte de cette arrogante et il lui raconta ce qu'il savait : Estéban s'était fait agresser devant son café cette nuit.

Mireille fonça tout droit vers le Centre Hospitalier Alpes Léman, le premier hôpital et aussi le plus proche que le passant lui avait indiqué, tout en précisant qu'il n'était pas sûr quant au lieu où les secours avaient emmené Estéban, Genève ou Contamine sur Arve ?

*

Jade sursauta lorsqu'elle entendit les hurlements d'une femme dans le hall des urgences qui la firent émerger de sa somnolence anxieuse. Elle tendit l'oreille et comprit, l'on cherchait Estéban, on voulait avoir des nouvelles, et tout savoir. Jade se leva de la salle d'attente pour voir qui se laissait aller à tant d'hystérie pour voir Estéban. Lorsqu'elle aperçut Mireille en grande conversation avec une assemblée de blouses blanches ameutée par ses cris et qui tentait de la calmer, Jade éprouva un fugace pincement de jalousie au cœur. Elle reconnut immédiatement l'amie d'Estéban, celle qui en d'autres termes avait la faveur de pouvoir passer du temps avec lui et de le connaitre mieux, pensait-elle. Jade s'approcha de la troupe formée autour de Mireille, et qui la conduisait en rang serré vers un fauteuil, réduisant à néant toute tentative de sa part de s'échapper ou de se remettre à hurler. Une fois qu'elle fut assise, la masse se desserra, les intervenants repartirent au pas de course vers leurs missions respectives, et on lui apporta un verre d'eau. Jade se planta devant Mireille hésitante, avant de s'asseoir sur le fauteuil voisin. Mireille leva les yeux sur elle, son allure et son visage lui étaient familiers mais elle ne parvenait pas à savoir qui elle était.

– Jade, se présenta-t-elle en tendant la main

– Mireille, répondit l'autre, toujours en train de chercher dans sa mémoire d'où elle connaissait ce visage.

– J'étais à la soirée d'Estéban, hier, dit Jade pour abréger.

– Ah ! Bien sûr ! Je savais que je vous avais déjà vue quelque part... Et vous êtes ici pour ?

– C'est moi qui ai trouvé Estéban..., dit Jade avec une profonde inquiétude renaissant subitement à l'évocation de cette scène sordide.

– Ah ! Dites-moi ce qui s'est passé ! Comment va-t-il ? Personne n'a rien voulu me dire ici !

Jade raconta qu'elle avait trouvé Estéban en sang et inconscient par terre devant son café, il devait être deux heures du matin, environ, elle avait aussitôt appelé les secours puis avait attendu auprès de lui. Son récit laconique était entrecoupé de reprises de souffle, elle était encore sous le choc.

Elle n'expliqua pas qu'elle était revenue chercher son portefeuille qu'elle avait oublié dans le café d'Estéban, et encore moins que cet acte manqué relevait plutôt d'une préméditation, d'un prétexte pour justifier son retour après le départ de tous les invités. Ces faits demeurèrent en suspens dans son silence.

Elle se mit à pleurer, en songeant au rapprochement qu'elle avait imaginé en planifiant cet oubli de portefeuille, et à la brutalité de la réalité qui avait mis ses desseins en échec total. Ceci-dit, bien lui avait pris de revenir, sans elle, Estéban serait sans doute resté encore longtemps inconscient et seul sur le pavé, car la scène de violente agression qui s'était jouée n'avait semblait-il nullement brisé le calme imperturbable de la petite place du village.

Mireille estima que Jade avait dû être éprouvée par le choc de voir Estéban ainsi, puis par l'attente infinie, des secours d'abord, puis des nouvelles depuis la salle d'attente des urgences.

– Vous devez être épuisée, lui dit-elle, vous pouvez rentrer chez vous maintenant, je vais prendre le relais, je reste ici en attendant des nouvelles.

Jade ne répondit rien d'abord, elle ne parvenait pas à trouver le prétexte qui lui permettrait de dissimuler l'affection qu'elle éprouvait pour Estéban et qui rendait son inquiétude plus que justifiée. Puis elle finit par dire :

– C'est gentil, mais j'ai besoin de savoir ce qui s'est passé... Qui ? Pourquoi ?

– Si l'agression a été si violente, je doute que vous puissiez obtenir des réponses maintenant, il faudra attendre... Le seul à savoir est Estéban, et... avant d'être interrogé il doit être soigné...

– Je voudrais être là quand on annoncera qu'il est sauvé, finit par dire Jade plus fermement. Après tout, elle n'avait pas à se justifier auprès de Mireille, et c'était tout de même elle qui était intervenue d'abord.

Elle tut une autre chose qui participait pourtant grandement à son inquiétude, lorsque les secours étaient arrivés sur les lieux, ils s'étaient enquis de leur identité, la sienne et celle d'Estéban, ainsi que du lien existant entre eux. Elle avait prétendu sur l'instant être sa compagne, une sorte de réflexe pour s'assurer de pouvoir rester auprès de lui et l'accompagner aux urgences, sans penser du tout aux conséquences. Le premier effet avait été immédiat, les secouristes avaient demandé à Jade d'aller chercher les papiers d'Estéban et de les apporter aux urgences où ils le conduisaient. Jade avait traversé le café et était entrée dans l'appartement attenant.

Un désordre régnait et même si c'était la première fois qu'elle y pénétrait, cela lui parut totalement impensable de la part d'Estéban que de vivre ainsi, lui qui tenait son café toujours impeccablement. D'ailleurs, tout était propre dans l'appartement, mais sans dessus-dessous. Passée l'émotion d'entrer chez lui puis l'intrigue de ce désordre, Jade s'était mise en quête des documents demandés par les secouristes. Elle avait donc fouillé, à son tour, certaine que quelqu'un l'avait fait ostensiblement avant elle, peut-être même pendant qu'Estéban se faisait passer à tabac. Elle s'était soudain mise à sangloter, exprimant un confus mélange de peur, d'interrogations, d'inquiétude, d'effroi. Puis elle s'était dépêchée et avait fini par trouver les papiers avant de rendre promptement aux urgences pour les fournir au secrétariat.

Là, elle ne reçut aucune nouvelle quant à l'état d'Estéban, on la pria aimablement d'attendre patiemment dans la salle d'attente, ce qu'elle faisait depuis des heures lorsque Mireille était arrivée en trombe.

Jade sursautait à chaque fois que quelqu'un approchait de la salle d'attente, se levant de temps à autres pour marcher dans les couloirs, cherchant en vain une blouse blanche susceptible de lui dire où Estéban en était. Elle ne savait pas s'il était toujours inconscient, ni s'il allait survivre, elle pensait qu'on la préviendrait pour le moins en cas d'intervention chirurgicale, puisqu'elle était la seule personne référente en présence.

Désormais elle attendait le moment où l'on viendrait l'informer, et à vrai dire, que Mireille apprenne qu'elle s'était faite passer pour la compagne d'Estéban lui était bien égal, mais elle avait simplement du mal à présenter ce mensonge.

De son côté, Mireille s'en tint au fait que Jade avait sauvé Estéban, et elle lui en était reconnaissante, et même si elle était en situation plus légitime pour attendre des nouvelles à considérer l'amitié qui la reliait à Estéban, elle ne jugea pas déplacée la présence de Jade.

L'attente était insoutenable.

Mais elle était la seule posture possible.

Elle dura une demi-heure encore, en silence, Jade et Mireille s'étant retranchées l'une et l'autres dans leurs pensées respectives. Enfin, un médecin finit par s'approcher d'elles, Estéban s'en tirait plutôt bien, une dent et trois côtes cassées, épaule fêlée et des hématomes. Il était réveillé et avait été conduit dans une chambre où il resterait sous surveillance vingt-quatre heures encore.

Elles étaient soulagées et, sur accord du médecin, elles purent sur le champ se rendre auprès d'Estéban.

En le voyant, Jade éprouva un malaise, son visage était tuméfié, la partie gauche enflée déformant et rompant violemment son image, elle resta timidement en retrait tandis que Mireille était déjà presque sur lui à tenter de l'embrasser. Les gémissements d'Estéban la tinrent à distance toutefois. Elle attrapa une chaise et se cala au plus près de lui, elle avait besoin d'un échange tactile comme pour se rassurer sur le sort de son ami. Jade debout à l'entrée de la chambre observait, interdite. La présence de Mireille la gênait terriblement, elle aurait souhaité un moment en tête à tête avec lui pour s'exprimer librement. Estéban l'aperçut lorsque Mireille relâcha son espèce d'étreinte à faible distance, son regard écorché par la déformation de son œil gauche presque entièrement caché par la paupière monstrueuse, était interrogateur, il tenta de parler mais sa mâchoire l'en empêcha en décochant une douleur des plus aiguës. Il resta figé le temps que la radiation diminue, les yeux tournés en direction du plafond. Jade grimaça juste en imaginant ce qu'il ressentait. Elle n'avait toujours pas bougé.

– C'est Jade qui t'a retrouvé et qui a appelé les secours, dit Mireille.

Estéban ferma la paupière droite en guise d'expression de gratitude, la seule possible sur cet instant, il se rattraperait plus tard.

– Je suis heureuse de te voir vivant et réveillé, prononça Jade, vu l'état dans lequel je t'ai retrouvé, franchement, il y avait de quoi se faire du souci !

Elle aurait tant voulu pouvoir profiter de cette amorce pour prolonger la conversation, mais ce qu'elle avait à dire était plutôt confidentiel, du moins avait-elle estimé que ce serait à Estéban seul d'en juger, et en dépit de l'amitié qui existait entre Mireille et lui, Jade préféra de taire et remettre à plus tard, à regret. Elle serrait son sac à main contre elle, ne cessant de songer au document maculé de sang qui était tombé par terre au moment où les secouristes avaient brancardé Estéban. Elle l'avait ramassé immédiatement, songeant à le rendre à Estéban dès son réveil. Cela lui permettait dans le même temps de penser à son réveil, justement, ce qui était plus rassurant que de succomber à ce que laissait présager l'état critique dans lequel il semblait être.

Visiblement, Mireille n'avait pas l'intention de partir, si bien que Jade préféra s'éclipser.

– Je passerai te voir dès que tu seras rentré, adressa-t-elle à Estéban, je vais vous laisser. À une prochaine fois, Mireille, dans des circonstances plus joyeuses ! Ah ! J'oubliais, j'ai fermé l'Abyssin, je pose les clés ici.

– Oui ! Au-revoir et merci encore ! répondit Mireille, comme si Jade lui avait rendu service à elle aussi.

Estéban tenta un geste de la main, mais il se ravisa dans une nouvelle grimace de douleur.

Mireille n'y tenait plus. Il fallait qu'elle annonce à Estéban la nouvelle extraordinaire au sujet de Jules. Elle avait juste retenu encore son flot de parole le temps que Jade referme la porte derrière elle, puis elle enclencha son monologue agité. Sans penser une seule seconde qu'Estéban pouvait souhaiter silence, calme, repos.

– Tu te rends compte ? Aucun des deux n'a jugé utile de m'avertir de cette visite de Jules ! Ni Martin, ni Jules ! Tu ne trouves pas ça un peu déplacé, non ?

Estéban avait tourné sa tête vers elle, il avait pris soin de trouver la juste position qui limitait douleur et effort tout en présentant un semblant d'écoute attentive. Il se contentait, par moment et lorsqu'il percevait une pause un peu plus longue dans le discours, de baisser la paupière droite en signe d'acquiescement.

– Figure-toi que Martin a proposé à Jules de partir s'installer auprès d'un mécène excentrique qui a fait construire en Chine une réplique parfaite du château de Mirosménil, tu vois le genre… Bref, c'est vraiment une très bonne nouvelle pour Jules ! …

Mireille ne put s'empêcher, en dépit de la petite promesse qu'elle s'était faite à elle-même, dans les circonstances, de présenter à Estéban tous les menus détails qui lui avaient paru insensés au sujet de Martin et de Jules.

Estéban se remettait lentement, il n'écoutait qu'à peine les propos de Mireille, mais ces petits détails eurent un écho tout particulier dans son esprit. Il était trop faible pour établir des liens, et encore plus pour discuter avec Mireille, ce qui exigeait une terrible force parce qu'il fallait sans cesse imposer sa parole.

Il finit par s'endormir, à la grande surprise de Mireille qui réalisa tout d'un coup que ce devait être normal, étant donné ce qu'il venait de vivre.

Elle interrompit donc brusquement son monologue, déposa un baiser de loin sur le front amoché d'Estéban puis quitta la chambre sur la pointe des pieds.

Elle rouvrit la porte pour dire à Estéban qu'elle viendrait le chercher dès qu'il pourrait sortir. Ce qu'il ne put entendre, puisqu'il dormait véritablement.

3

Estéban abrégea sa convalescence, il reprit son travail muni d'un corset et un bras en écharpe, ses clients étaient heureux de le voir et se montraient patients, aidants même pour la plupart, prenant le soin de venir chercher leur commande au comptoir et de débarrasser eux-mêmes leur table. « Il ne faut pas t'habituer trop ! » entendait-il souvent lorsqu'il les remerciait, « dis-toi bien que c'est juste le temps que tu te remettes ! ».

Le premier moment où il fut libre, c'est-à-dire apte à sortir, à conduire seul et qu'il s'octroya un temps de fermeture, c'était un mardi après-midi. En cette saison automnale, les journées étaient courtes et froides, les corps n'étaient pas encore habitués et se préparaient aux températures négatives de l'hiver à venir en affrontant la bise noire. Tout était calme, les habitants de Lucinges, comme à peu près tout le monde dans la région, avaient tendance à se replier chez eux pour se remettre des assauts glacials.

Estéban n'avait eu aucune nouvelle de Jules, Mireille lui avait dit qu'il était parti le jour-même de son entrevue avec Martin, elle en était scandalisée, en dépit des justifications avancées par son époux et qui reposaient entièrement sur le prétendu caprice de ce mécène à l'autre bout du monde. Elle ne parvenait pas à digérer cette gomme amère où se mêlaient disparition de l'ami, vexation, et suspicion à l'égard de Martin.

De son côté, Estéban n'avait jamais partagé ses doutes et interrogations avec elle, il avait instauré une sorte de distance que Mireille ne comprenait absolument pas et qui en rajoutait à sa colère.

Il se tenait éloigné d'elle parce qu'il devait d'abord expliquer certains faits. Une image le hantait depuis la nuit de l'agression. Avant de sombrer sous les coups, Estéban avait tenté de se réfugier dans son café pour échapper à ses agresseurs, or un homme se tenait debout et lui barrait l'accès. Cet homme n'était autre que Café Crème. Ce qui s'était joué en une fraction de seconde avait été un échange de regards, d'incompréhension pour Estéban, d'excitation pour l'autre, comme s'il était sur le point de voir assouvir un désir tu jusqu'alors. Depuis son réveil à l'hôpital, Estéban repensait à cet instant, au début il avait pensé que cette vision cauchemardesque provenait de son imagination fortement agitée par l'agression. Mais la persistance de cette scène pourtant inexplicable, ajoutée au souvenir des émotions du moment le conduisirent à l'estimer réelle.

Que faisait Café Crème ? C'était comme s'il avait été l'instigateur de l'agression et qu'il prenait plaisir à sa concrétisation. Pourquoi ? En dépit de son comportement intriguant, Estéban n'avait jamais soupçonné une once de perversité chez cet individu. Ni aucune trace de haine contre lui. Pourquoi ? Pourquoi était-il là ? Pourquoi avait-il assisté et participé même à ce passage à tabac ? Estéban ne le connaissait pas. Violence gratuite ?

Mais un autre problème exigeait une résolution, Estéban se souvenait parfaitement de l'interaction silencieuse entre l'époux de Mireille et Café Crème pendant la soirée du vernissage. Par ailleurs, l'échange muet était la seule explication plausible à sa venue ce soir-là, sinon, pourquoi aurait-il dérogé à son habitude rigoureuse, jour et heure fixes ?

Alors, Mireille en savait-elle plus qu'elle ne le révélait ? Était-elle impliquée ? Ou ignorait-elle tout de cette machination mystérieuse ? Auquel cas, comment réagirait-elle si Estéban se mettait à partager avec elle un si fort soupçon au sujet de Martin ?

Ne sachant rien, Estéban préféra donc tenir Mireille à distance, le temps d'élucider quelques points. Du moins, comme il le pouvait car Mireille venait malgré tout chaque jour voir son ami, « le seul qui lui restait », et il ne pouvait tout de même se résoudre à la chasser brutalement. Simplement, il se montrait distrait, distant et froid.

Ce mardi après-midi, ce premier moment de véritable renaissance, Estéban roula jusqu'à Chézabois-Dessus. Jules était parti, selon Mireille, mais Estéban voulait constater par lui-même.

Il se gara devant le chalet totalement isolé, juché à flan d'une colline en pente douce, au milieu d'une végétation luxuriante qui faisait le bonheur d'une faune sauvage riche. Il coupa le moteur et sortit de la voiture, en balayant du regard les alentours plongés dans un silence pré-hibernation. Il leva les yeux sur le chalet et perçut de la lumière à l'étage. La propriétaire, sans doute, qui avait hébergé Jules jusqu'alors. Estéban n'avait jamais discuté avec elle, Jules la prétendait folle, et puis elle était le plus souvent dans son appartement au centre-ville de Thonon. Valentine l'accueillit chaleureusement, elle aimait rencontrer des gens, ce qui dans cette campagne était bien rare.

Estéban comprit immédiatement que cette belle femme, grande, mince et élégante était mal voyante. C'est d'ailleurs son adorable labrador, un chien guide, qu'Estéban dut saluer en premier, il s'était en effet présenté immédiatement à lui et son imposante stature exigeait les salutations d'usage entre un homme et un chien avant de laisser entrer le visiteur.

Valentine se mit à rire, en présentant Minos à Estéban.

– Il est très affectueux avec tout le monde, un peu trop peut-être parfois ! J'espère que vous aimez les chiens en tous cas !

Estéban se présenta en riant à son tour, heureusement que oui, et il secoua les poils que Minos lui avait offerts en guise de cadeau de bienvenue.

– Je suis un ami de Jules…

– Ah, d'accord, il me semblait bien que je vous avais déjà vu ici.

Estéban fut surpris par l'expression qu'elle venait d'employer, et il lutta contre un instant de gêne car, comme il avait pu en juger par lui-même, elle semblait privée de ce sens.

– Oui, enfin, je ne vois pas avec mes yeux, mais j'entends, je sens, et je suis capable de reconnaître quelqu'un. Déclara-t-elle comme pour sauver Estéban dont elle avait perçu la gêne.

– C'est merveilleux… Enfin, désolé, je suis maladroit, se reprit-il.

Valentine se mit à rire de nouveau et rassura son visiteur :

– Oh, ne vous en faites pas ! J'ai pris l'habitude. Je vous sers quelque chose ?

– Volontiers, oui, merci.

Estéban observait la dextérité avec laquelle Valentine s'organisait, mais il sursautait parfois en la voyant frôler des catastrophes. Une tasse posée à un millimètre du bord de la table, du café versé de justesse à l'intérieur de la tasse. Des traces de brûlures légères sur les mains indiquaient qu'elle s'en servait pour évaluer les distances entre une casserole et le gaz. C'était épatant.

– Vous vivez seule ? Vous vous préparez vous-même vos repas ?

– Oui ! Chez moi c'est facile, je connais par cœur les lieux, les distances, et si personne ne vient déplacer les objets sans me le signaler, je sais où les retrouver.

Valentine se mit à rire encore, une seconde nature chez elle, puis elle poursuivit en racontant cette anecdote :

– Enfin parfois je me trompe dans l'évaluation de la distance ! Peut-être avez-vous croisé mon chat ? Voyez-vous, il a l'habitude de manger ses croquettes en hauteur, sur cette petite tablette qui borde l'évier, mais il commence à vieillir, et maintenant, je dois le porter pour qu'il puisse y accéder. Un jour je le porte donc vers sa gamelle, sauf que, erreur, je l'ai posé un peu à côté, et il est tombé dans cette bassine d'eau toujours posée par terre pour Minos ! Je ne l'ai pas revu pendant quelques jours ! Pauvre chat ! Bon, voilà, il m'arrive souvent des choses comme celle-ci !

Estéban riait avec elle de bon cœur, décidément cette femme était remarquable, et elle semblait bien loin de ce que pouvait en dire Jules.

– Je ne vous propose pas du gâteau, je crois que je l'ai un peu raté ! Elle changea de registre et demanda : vous ne connaitriez pas quelqu'un comme Jules, par hasard, qui pourrait venir s'installer ici ? Vous savez, il me rendait bien service, car il y a beaucoup de choses que je ne peux pas faire, il faut entretenir le chalet, le jardin. Il me conduisait en courses aussi. Parce que je ne conduis plus bien sûr.

– Non, pour le moment je ne vois pas, mais j'en parlerai autour de moi, vous savez, je tiens le café de Lucinges, et il en passe du monde !

– Oh, merci ! Ce serait bien, oui. Et bien sûr aux mêmes conditions que pour Jules, je mets à disposition le studio du rez-de-chaussée, et tout le rez-de-chaussée, d'ailleurs, rectifia-t-elle, en échange, je demande juste un peu d'aide. Mais je ne suis pas très exigeante !

– Je n'ai pas pu voir Jules avant son départ…

– Moi non plus ! Tout cela s'est fait si rapidement ! Du jour au lendemain il avait quitté les lieux.

– Il a tout vidé ? … Il a emporté toutes ses œuvres aussi ?

– Quelles œuvres ? Demanda Valentine intriguée.

– Ses gravures, ses toiles…

– Comment ça ?

Un malentendu prenait manifestement de l'ampleur.

– C'est mon mari qui était artiste, pas Jules !

Après un instant de stupeur, Estéban demanda :

– Pouvez-vous répéter ce que vous venez de dire s'il vous plait ?

– Oui, mon mari était un artiste, il est mort voilà douze ans. Je garde précieusement ses œuvres dans l'atelier que j'ai laissé intact, du reste.

Ce disant, elle s'était levée pour aller chercher des photographies.

Estéban était stupéfait. Sur toutes les photos, le même homme, sur certaines, il posait dans son atelier en train de travailler sur la presse, ou face à un chevalet. Estéban identifia parfaitement les œuvres qui figuraient sur certaines photographies.

Il regarda fixement Valentine. Elle n'avait aucune raison de mentir, et puis les photos étaient authentiques, rien ne laissait penser le contraire.

– La vie n'a pas toujours été facile, choisir l'art n'est ni anodin ni sans conséquences. Mais contraints souvent à la frugalité, nous n'en avons été que plus heureux, je crois.

Valentine avait basculé dans ses souvenirs, Estéban la contemplait tandis qu'intérieurement, il était assailli par ce bouleversement total.

Jules était un usurpateur.

Son comportement étrange avant le vernissage prenait tout son sens. La fois où il avait confondu encre et gravure lors de la visite du collectionneur s'expliquait aussi.

Estéban, face à Valentine, tempérait comme il pouvait le bouillonnement furieux qui l'agitait.

– Il vous manque, je suis navré.

– Oui, oh mais la vie continue !

– Je chercherai quelqu'un qui pourrait venir s'occuper de votre chalet, je vous le promets.

Estéban, outre la volonté de rendre service à cette femme éprouvait une sorte de culpabilité, comme si en étant l'ami de Jules il avait été complice de sa monstruosité. Qu'il le trompât lui, c'était une chose, qu'il ait pu duper Valentine à ce point en était une autre.

– Vous savez, Jules parlait souvent de vous, il avait beaucoup d'estime et d'affection pour vous, ainsi que pour une certaine Mireille, votre amie également, je suppose…

Valentine attendait sûrement une réaction de la part d'Estéban, il s'efforça de répondre un « oui » laconique, tant il était en proie à la confusion et à la colère. C'est d'ailleurs sans doute cette dernière que Valentine avait dû « sentir » et vouloir désamorcer.

– Merci Valentine, merci pour tout. Je reviendrai vous voir et j'espère pouvoir vous donner bientôt une bonne nouvelle au sujet d'une personne qui pourrait venir s'installer dans le studio et vous aider.

– Merci à vous, je suis très heureuse d'avoir fait votre connaissance, je vous raccompagne. Revenez quand vous voulez, ajouta-t-elle très naturellement, j'aime bien avoir de la visite.

Dehors, le ciel s'était encore obscurci davantage, Estéban se demanda comment cela était possible, il était déjà anthracite lorsqu'il était arrivé. « Au moins, il est franc, tranché et massif, pensa-t-il, contrairement aux humains ! ». Estéban était totalement bouleversé par ce qu'il venait de découvrir au sujet de Jules. Jamais il n'avait connu une telle trahison. Comment avait-il pu se laisser berner ? Et surtout, quel était le but de cette manœuvre ? Sur le moment, Estéban ne songea qu'à une seule réponse possible, l'argent. Cet énergumène avait dû réaliser qu'il pourrait tirer une fortune de toutes ces œuvres qui dormaient sagement dans l'atelier depuis la mort de leur créateur, et que Valentine préservait sans pour autant les surveiller plus que cela. « Pauvre Valentine ! » pensa encore Estéban. Humiliation, colère, pitié, les émotions contraires se bousculaient à la porte de son esprit, c'était un typhon redoutable. Et dans la spirale infernale et exponentielle, chaque personne de son entourage se faisait happer les unes après les autres. Et le phénomène grossissait, et Estéban n'était pas loin de sombrer dans une crise aiguë de paranoïa.

De qui découvrirait-il la vraie identité après Jules ? Mireille ? Pierre ? Jade ? Et tous les autres villageois !

Il roulait sur cette route de campagne, étroite et qui formait un tunnel asphyxiant avec la complicité du ciel noir et glacial dans lequel il tentait d'évoluer, même les phares ne pouvaient plus tenir leur rôle d'éclaireurs, leur lumière était diffractée et absorbée par cette campagne mortifère. À la sortie d'un virage, il dût faire un brusque écart pour éviter un cycliste de justesse, il s'en fallut de peu que ses roues ne s'embourbent dans le bas-côté argileux et ne l'envoient dans le décor. Ce mouvement ajouta à ses idées noires une vive douleur à l'épaule qui lui rappela aussitôt Café Crème. Il s'arrêta dès qu'il trouva un endroit où garer sa voiture. Le parking de la boulangerie à Bon-en-Chablais lui servit de radeau.

Complètement hermétique à ce qui se passait autour, Estéban resta un moment ainsi, immobile dans l'habitacle après avoir asséné de violents coups de poings au volant, qui n'eurent pour effet que d'éveiller d'autres douleurs dans son corps convalescent.

La trahison a ce goût dévastateur qui a tendance à gangréner tout le reste à une vitesse prodigieuse. Lorsque la confiance est bafouée, c'est tout le château de carte des relations humaines qui menace de s'effondrer.

Et si c'était Valentine, l'usurpatrice ? Cette dernière interrogation était tellement grossière qu'elle ramena toutefois Estéban sur une pente moins vertigineuse, il en rit même. Il devait se ressaisir et réévaluer la situation ainsi que les personnes impliquées. Jusqu'à présent, Jules était le protagoniste principal, Café Crème avait joué un rôle également — rien ne permettait à Estéban de relier les deux, du reste, et les deux situations n'avaient aucun sens, ni séparément, ni ensemble. Un point commun toutefois se révélait plus franchement sans pour autant apporter d'explication, les deux individus avaient eu un lien avec Martin. Lequel ? Pourquoi ?

Estéban avait enfin retrouvé un fil moins aliénant que la tornade paranoïaque, il estima être calmé, contrairement au ciel qui se déchaînait, mettant bruyamment ses menaces à exécution désormais. C'est sous un déluge et à pas plus de vingt kilomètres à l'heure qu'Estéban rentra à Lucinges.

4

Se protégeant comme elle le pouvait des violents assauts de la pluie glaciale et battante, Jade était debout et adossée à la porte de l'Abyssin. Lorsqu'il aperçut sa silhouette menue, qu'il reconnut immédiatement, Estéban se dépêcha de venir ouvrir le café pour qu'elle puisse se mettre à l'abri.

Depuis l'épisode de l'agression Jade venait fréquemment le voir, elle prenait de ses nouvelles, lui demandait systématiquement s'il elle pouvait lui apporter une aide quelconque et systématiquement, Estéban lui servait la même expression de reconnaissance, et le même refus. Ce jour-là, Jade subit une vague de panique en voyant fermé l'Abyssin, la dernière fois qu'Estéban n'avait pas paru debout, c'était celle où il était inconscient par terre. Elle décida d'attendre son retour, et heureusement pour elle, Estéban était arrivé un quart d'heure plus tard. Combien de temps aurait-elle patienté et repoussé les salves de l'inquiétude et du froid ligués contre elle ? Elle-même n'aurait su le dire, le fait était que l'arrivée du cafetier lui procura un grand soulagement, et d'entrer au chaud lui épargna certainement une sinusite.

Ses vêtements étaient trempés, Estéban prit le manteau de Jade et le plaça au plus près d'un radiateur, et il lui prépara un chocolat chaud, le tout en silence. Car il avait du mal à faire la transition entre les idées obsédantes qui le hantaient depuis la révélation au sujet de l'imposture de Jules et la présence de cette ravissante jeune femme aux cheveux courts qui l'avait sauvé le soir de l'agression. Bridant les élans destructeurs, il décréta que Jade n'avait rien à voir avec toutes ces histoires et qu'il pouvait donc lui accorder sa confiance, puisqu'*in fine*, quoi d'autre qu'un décret, si ce n'était une enquête exhaustive que jamais il ne se permettrait de mener, pouvait légitimer cet acte ?

Jade avait remarqué l'humeur ténébreuse d'Estéban, et de l'avoir attendu dehors pendant ce temps qui lui avait semblé infini l'avait engourdie.

Ni l'un ni l'autre ne parlait, il lui servit son chocolat chaud sur le comptoir qui se dressait entre eux, ils échangeaient des regards et s'efforçaient de sourire, Jade n'en finissait pas de souffler pour accélérer le refroidissement du breuvage qui lui brûlait les lèvres et le palais.

Pourtant, ce jour-là en venant au café, elle était bien déterminée à parler du document qu'elle avait retrouvé là où Estéban avait été laissé inconscient. Elle repoussait sans cesse toutefois, jugeant préférable d'attendre le bon moment. Ce « bon moment » devait rassembler tant de paramètres qu'avec une meilleure lucidité, Jade aurait avoué qu'il ne dépendait que d'elle.

Elle était arrivée gonflée de courage, et se croyait prête, mais le soufflé retombait, pourtant elle devait se décider. Jade allait en effet partir en mission pendant quelques mois au Soudan du Sud, et Estéban devait savoir, c'était tout de même lui qui était concerné.

– Je vais partir au soleil, dit-elle soudain en brisant le silence épais.

– Ah bon ! Où vas-tu ?

– En Afrique… Au Soudan du Sud…

Le visage d'Estéban qui s'était éclairci sous la voix de Jade reprit aussitôt son aspect brumeux.

– Mais que vas-tu faire là-bas ?

– Je pars en mission… C'est drôle, je ne suis pas partie depuis longtemps, j'appréhende un peu…

– Je ne savais pas que tu allais sur le terrain…

– Oui, il y a quelques années, je ne faisais que ça, je revenais seulement en « vacances », quelques semaines de temps en temps… Enfin, pas de véritables vacances, car le retour est toujours difficile…

– Oui, je sais ce que c'est…

Jade s'apprêtait à expliquer pourquoi elle avait préféré rester au siège à Genève depuis quelques années mais la remarque d'Estéban lui coupa le souffle, elle ouvrit de grands yeux stupéfaits, elle n'en revenait pas.

– Comment ça ? … Toi aussi tu étais dans l'humanitaire ? Que faisais-tu ?

Estéban mit du temps avant de répondre, il regardait Jade, du moins en sa direction, car c'était dans les souvenirs qu'il avait basculé.

– Pardon… Eh bien j'ai occupé plusieurs postes, toujours pour la même O.N.G., mais le dernier m'a… anéanti… finit-il par dire vaguement.

Jade savait les souffrances que peuvent laisser certaines missions, et elle eut la pudeur de ne pas interroger davantage Estéban, bien qu'elle brûlât de tout savoir à ce sujet, ainsi que sur son passé. C'était incroyable pour elle, jamais elle n'aurait soupçonné qu'Estéban avait pu être humanitaire avant de devenir cafetier à Lucinges.

– Si un jour tu souhaites en parler, je t'écouterai avec plaisir… dit Jade, estimant cette suggestion préférable aux nombreuses questions qu'elle retenait. C'est bon parfois de pouvoir échanger avec quelqu'un qui a vécu des missions… C'est plus facile… Il y a des choses que personne ne pourrait comprendre de l'extérieur…

Jade réprimait manifestement elle aussi des souvenirs douloureux et Estéban aurait bien aimé engager plus avant la discussion à ce sujet mais il ne se sentait pas prêt, et puis cette journée l'avait épuisé. C'était la première fois qu'il avait repris la voiture depuis l'agression, et le gouffre de sa découverte avait fini de pomper sa dernière réserve d'énergie. Estéban hocha la tête pour toute réponse.

– Avant de partir, il faut que je te parle de quelque chose… Voilà, elle s'était lancée. Tiens, j'ai retrouvé ça lorsque les secouristes t'ont emmené.

Ce disant, elle tendit à Estéban le papier qu'elle venait de sortir de son sac à main, puis elle attendit une réaction de sa part.

Estéban se mit à lire machinalement, et l'effroi remplaça la lassitude en lui. Il regarda Jade droit dans les yeux, bouche ouverte sans produire aucune phrase.

– Qu'est-ce que c'est ? s'inquiéta Jade

Après un long moment d'hésitation, Estéban contourna le comptoir, alla fermer à clé la porte de l'Abyssin éteignit les plafonniers puis dans la pénombre, il invita Jade à s'asseoir avec lui autour d'une petite table reculée dans le café et qu'on ne pouvait distinguer de l'extérieur. Il avait allumé une lampe dans son appartement d'où provenait une faible lueur. Toutes ces précautions inquiétaient Jade qui ne savait pas du tout à quoi s'attendre.

Il déposa le document à plat sur la table et prit une longue inspiration.

– Qu'est-ce que c'est ? Ceci est ce qui hante chacune de mes nuits depuis dix années. Ceci est un cauchemar.

Jade était dans une attente insoutenable, mais elle n'interrompit pas Estéban qui finit par se lancer :

– Il y a dix ans, j'étais en mission en Irak. Nous avions construit des camps pour accueillir les déplacés. Le pays était en proie à d'atroces déchirements, comme tu peux l'imaginer… Tu te souviens de la situation en Irak à cette période ?

Jade acquiesça silencieusement.

– Comme souvent dans ce genre de camps, des ennemis se retrouvent dans des tentes voisines. Nous veillons à accueillir les familles en souffrance, sans considérations quant à leur passé. Leur situation actuelle étant la seule que nous puissions passer au crible de nos critères… Car il y en a des critères, bien sûr… Tu connais ça, certainement, la foule de demandeurs qui attend, au bord de l'agonie et en proie aux pires maux, devant les camps qui n'ont jamais la capacité suffisante pour sauver tout le monde… Et puis à l'intérieur, les conflits se raniment la menace de vengeance rôde sans répit… Et les agressions sont légions contre les humanitaires qui ne savent que répondre : « Ma famille est dehors, mais eux, ils sont là ! Des assassins ! Pourquoi vous les faites rentrer eux ? Ils ne méritent pas de vivre ! » …

Ces évocations révélèrent à Jade combien les plaies d'Estéban étaient encore ouvertes, combien il subissait encore les souffrances terribles qu'engendrent les missions humanitaires chez les aidants. Bien sûr, face au tragique

que vivent les bénéficiaires des aides, on étouffe ces douleurs qui semblent tellement dérisoires. Pourtant, chaque décision à prendre impose un dilemme dont des vies dépendent. Pourtant, chaque acte bénéfique a son pendant délétère. Estéban reprit :

– Un jour, pendant cette mission, j'ai été approché par les renseignements. Évidemment, comme toujours sur des théâtres de guerre, pendant et juste après sa « fin », les enjeux sont énormes. On m'a demandé de fournir des listes concernant les familles accueillies dans nos camps… J'ai refusé catégoriquement.

Estéban peinait de plus en plus à livrer son récit.

– C'est une liste de réfugiés ? demanda Jade en désignant le document toujours posé à plat sur la table.

Estéban hocha la tête très lentement de bas en haut, tandis qu'il essuya promptement une larme incontrôlable. Puis il enfouit son visage entre ses mains.

Jade tentait d'analyser et de reconstituer la suite du récit que manifestement Estéban ne parviendrait pas à lui fournir ce jour, elle devait savoir une chose malgré tout et demanda de but en blanc :

– C'est toi qui l'a fournie cette liste ?

Estéban fit non de la tête d'abord avant de protester plus fermement :

– Non ! Bien sûr que non !

– Je te crois, dit Jade en tendant la main amicalement vers celle qu'Estéban venait de laisser tomber sur la table. Je te crois, Estéban. Maintenant, tu devrais aller te reposer. Je pars après-demain, je trouverai un moment demain pour venir te voir. Si c'est trop dur de raconter, je ne t'en voudrai pas, tu sais.

Jade avait pris une drôle d'assurance, elle était en réalité galvanisée par la confidence, non pas tant le contenu que par la confiance qu'Estéban lui accordait ainsi. Aussi, cette attitude était celle qu'elle adoptait en mission face à la détresse, or Estéban en avait manifesté des signes, bien que ni sa survie ni sa dignité ne fussent *a priori* en péril dans l'immédiat.

Elle se leva et se rapprocha d'Estéban pour l'embrasser affectueusement, il était anéanti et demeura immobile, il remercia Jade d'un sourire faible, puis il la regarda partir.

Il avait parfaitement identifié ce document, avec le papier à entête de l'O.N.G. au sein de laquelle il avait mené sa carrière et sur lequel figurait le tableau qu'il avait lui-même conçu pour répertorier les arrivants dans ce camp qui devait accueillir dix mille personnes. Une liste de noms avec les liens filiaux pour les regrouper, les noms des villages d'où ils venaient, le nombre des membres de la famille. Ce document était strictement confidentiel, et Estéban avait lui-même mis en place un protocole strict afin de veiller à cette condition de sécurité *sine qua non*. Cette fiché était datée du 28 octobre et contenait une cinquantaine de noms qu'Estéban devrait examiner attentivement tout en secouant tous les souvenirs qu'il s'était tant évertué à dissimuler, à lui-même surtout.

Pour le moment, il avait vraiment besoin de repos, Jade avait raison, il se leva donc de la chaise où il était resté assis, se dirigea tel un vieillard vers la porte de l'Abyssin pour la verrouiller, puis gagna son lit. Mais comme prévisible, l'insomnie entama son travail de sape, Estéban résista un moment à l'idée de prendre un somnifère parce qu'il avait bien connu l'engrenage dans le passé et s'était promis, une fois qu'il s'en était dégagé, de ne jamais replonger. Mais il finit par céder.

Pendant ce sommeil dans lequel il avait glissé artificiellement, Estéban dut affronter des scènes cauchemardesques. Il voyait Jade complètement décharnée, les yeux exorbités, et qui tentait de maintenir son petit corps meurtri sur un radeau de fortune malmené par une houle terrible, tandis que lui, Estéban, tournait autour, sur un yacht luxueux, un cocktail dans une main et tendant l'autre en direction de la naufragée à qui il criait des indications impossibles à suivre pour elle. Ses rondes agitaient plus encore la mer et dans ce rapprochement pour la secourir, il provoquait l'inverse, il précipitait Jade vers la mort. Estéban finit par couper le moteur puis, toujours d'une seule main, il se mit à lui lancer une bouée, mais systématiquement, il loupait sa cible, et il recommençait inlassablement, tandis que Jade, à bout de souffle et de force, ne tenait aux planches que par miracle. Enfin, il eut l'idée de poser son verre — trouver où fut toute une affaire, il dût s'éloigner un peu. Lorsqu'il revint, apte enfin à se servir de ses deux mains, il eut une vision d'horreur, des centaines et des centaines de corps inertes flottaient autour du radeau de fortune.

Estéban se réveilla en hurlant. Les effets puissants du somnifère contrariaient sa sortie brutale du cauchemar provoquant un tournoiement vertigineux. Il lutta pour se lever, alla boire un verre d'eau.

Dans son état inconfortable, il repensait à *L'Histoire de la folie à l'âge classique*, un ouvrage de Michel Foucault que Pierre lui avait prêté un jour, et plutôt que de risquer de revivre un cauchemar en cédant au sommeil, Estéban préféra rechercher puis relire les notes qu'il avait prises au cours de sa lecture. Chapitre 1, « *Stultifera navis* », ou comment au cours du quinzième siècle, la pratique pour l'exiler consistait à « confier le fou à des marins ». Le faire embarquer, « c'est éviter à coup sûr qu'il ne rôde indéfiniment sous les murs de la ville, c'est s'assurer qu'il ira loin, c'est le rendre prisonnier de son propre départ ». Estéban relisait les passages qui — comment l'oublier ? — l'avaient profondément bouleversé lors de la première lecture, il poursuivit. « La navigation livre l'homme à l'incertitude de son sort » ... Combien ces mots écrits par le philosophe prenaient une résonnance nouvelle et Estéban recevait comme des coups de poignards en plein cœur. « Tout embarquement est, en puissance, le dernier. C'est vers l'autre monde que part le fou dans sa folle nacelle », et plus loin, « L'eau et la navigation jouent bien ce rôle. Enfermé dans le navire, d'où on n'échappe pas, le fou est confié à la rivière aux mille bras, à la mer aux mille chemins, à cette grande incertitude extérieure à tout ».

Des fous comme cinq siècles plus tard des réfugiés... Naufragés en pleine mer, en péril sur des navires dont personne ne veut. Jusqu'à ce que le plus fou de tous fasse exploser le tout depuis un ciel péniblement radieux... Une bombe bien placée peut toujours suffire...

Le cinq novembre dix années plus tôt, Romy était sur ce maudit bateau.

Elle accompagnait des exilés qui avaient préféré risquer leur vie en terre inconnue, mais d'abord en mer inconnue, plutôt que de se soumettre à la loi du plus fort ou du plus cruel qui s'était instaurée dans leur pays après la guerre, où le prétexte des représailles, de vengeance, masquaient en réalité des intentions bien pire encore, celles de servir des intérêts tout personnels. Quel meilleur moyen en effet de se débarrasser d'un voisin dont on convoite le terrain, de sa nièce, seule survivante de sa branche dont on espère hériter, bref, d'éliminer tout obstacle à sa volonté de prospérer, que de les accuser de trahison ? Aux actes commis pendant la guerre d'autres, aussi barbares et abjects, succédaient, mais dans l'ombre candide de la « reconstruction ».

En remuant ce passé, Estéban se souvint de l'homme de Baaj, ce père de famille qui un jour le reconnut dans la rue et l'invita aussitôt chez lui, avec fierté et reconnaissance, il venait de retrouver sa liberté, il avait quitté le camp des déplacés une semaine auparavant et avait pu revenir chez lui. Ils avaient discuté longuement, Estéban fortement ému d'entendre la joie de cette petite fille de quatre ans qui pouvait enfin jouer, elle qui n'avait jusqu'alors connu que guerre, massacre, peur, cris de douleurs, camp de survie. L'homme de Baaj avait invité Estéban à redoubler de prudence car de « faux » déplacés, se cachaient dans le camp, des êtres qui avaient commis les pires atrocités au nom de leur combat pendant la guerre et qui échappaient à la justice ainsi. Des victimes pouvaient croiser leur bourreau d'hier dans une allée lors d'une distribution de vivres. Estéban savait bien tout cela, et il avait mis en place un recensement et certaines procédures afin d'éviter que le camp ne se transforme en poudrière. Il fallait choisir les personnes de confiance, instaurer un principe d'enquête, bref, contrevenir à l'un des principes phares de l'engagement humanitaire, du moins dans l'idéal, de porter secours en totale impartialité.

Foutaise !

Estéban ne pourrait pas se rendormir. Il était cinq heures du matin, luttant toujours contre les effets soporifiques du comprimé qu'il avait absorbé la veille au soir, il décréta qu'il devait étudier ce document, chacun des noms inscrits, afin de découvrir comment et pour quelle raison il avait ressurgi du passé qu'Estéban s'était tant efforcé d'atténuer dans sa mémoire ?

Comment cette liste était-elle arrivée là ? Dix ans plus tard, presque intacte… Pourquoi l'avait-on rapportée à Estéban en même temps qu'une distribution de coups de poings et de pieds ?

Le souvenir le plus ravageur dont Estéban avait alors souhaité amoindrir la douleur était celui de la disparition de Romy, qui endeuillait méticuleusement toute cette période.

Pensant une nouvelle fois à l'homme de Baaj, Estéban estima que l'hypothèse d'une vengeance était dominante. En accueillant dans le camp des familles et en refusant l'aide à d'autres, on engendrait nécessairement incompréhension, sentiment d'injustice, abandon, humiliation, *a fortiori* lorsque parmi les bénéficiaires de l'aide, certains distinguaient leurs bourreaux.

Examiner la liste parut donc la meilleure piste à suivre pour l'heure. Mais cela signifiait un effort redoutable pour Estéban, car c'était plonger dans ce passé sombre d'abord, et puis tenter de se remémorer des éléments et faits qui avaient dix ans. De surcroît, à l'époque où Estéban l'avait effectuée, cette tâche de recensement était noyée parmi tant d'autres, répondant toutes à l'urgence, comme c'est toujours le cas en situation de crise humanitaire.

Il prit la page en main, et relut distinctement chacun des noms. Cinquante noms parmi des milliers qui avaient été inscrits dans ce camp. Comment pouvait-il se souvenir ? Certains visages, oui, certaines situations extrêmes, oui, mais des noms sur une liste… Sur l'une des multiples pages remplies…

Découragé d'avance, il passa derrière le comptoir de l'Abyssin où il se servit un long café.

Soudain, il entendit toquer à la porte vitrée, il se retourna promptement et vit les premiers clients du matin qui lui faisaient des gestes moqueurs, exprimant leur étonnement de voir le café encore fermé. Avec tous ces derniers événements, Estéban avait totalement oublié son commerce, et les habitués. Il leur sourit et vint ouvrir la porte.

5

– Alors comme ça on s'offre des grasses matinées et des vacances ?

– Tu es sûr de savoir encore te servir de la machine à café ?

Les trois compères qui venaient d'entrer riaient de bon cœur, et Estéban se joignit à eux, reprenant pleinement son rôle, tout en s'affairant derrière le comptoir. Ses blessures appartenaient au passé, un passé proche toutefois lorsqu'il effectuait certains mouvements. Ses gestes sûrs lui valurent des compliments mais moqueurs lorsqu'il servit ces messieurs.

Lorsque ceux-ci partirent, un autre groupe arriva, et la valse reprit son cours comme si rien ne s'était passé. Les bienheureux du matin cédèrent leur place aux revendicateurs de l'apéritif. C'était toujours animé, les voix s'élevaient, les arguments se cognaient les uns contre les autres dans une maladresse qui faisait sourire Estéban, toujours. Lui ne se mêlait pas aux conversations, il avait pris l'habitude de mettre la plupart de ses convictions en sourdine, et du reste, il ne lui était jamais arrivé d'être confronté à des propos intolérables dans son café. Toute sa personne devait rebuter naturellement ceux dont les valeurs auraient excédé Estéban et il n'avait donc jamais eu à faire sortir de force quelqu'un de l'Abyssin.

Les débats naissaient souvent d'une actualité propagée par les médias ou par un sujet traité par une radio ou la télévision. Question de génération, les nouvelles ne fréquentaient pas les cafés, et leur référence absolue tenait aux réseaux sociaux.

Michel, fidèle à ces heures apéritives sortait parfois de son carcan savoisien, mais c'était en général pour mieux y revenir. Ce jour-là, il s'envenima au sujet d'une entreprise dont la seule activité consistait à surveiller et à analyser les émotions des gens sur les réseaux sociaux, dans des buts marketing, bien sûr.

– *Big Brother*!, répétait-il à tue-tête. *Big Brother*! On vous surveille, et le pire dans tout ça c'est que vous êtes volontaires pour vous mettre vous-mêmes sous surveillance! *Big Brother*! Trop facile!

– Même en dehors des « Book » et compagnie, de toute façon il y a des caméras partout, répondait son camarade du jour, ajoutant ainsi du grain à moudre dans le moulin acéré de Michel.

– Tout ça, ça n'existerait pas si on n'était indépendants, j'peux te dire une chose : les savoyards ne se laisseraient pas surveiller s'ils pouvaient en décider en toute indépendance!

Estéban leur tournait le dos de temps en temps pour cacher son sourire, ces bougres n'étaient pas méchants. Mais lui aussi s'affligeait de l'épanouissement de ce genre d'activités, non pas tant pour le problème de surveillance, qui en était bel et bien un du reste, mais davantage encore pour le gâchis que cela représentait. Dépense démesurée d'énergie et de matière grise, tandis qu'il y avait tant de problématiques humaines à traiter humainement. Il était fondamentalement consterné par le nombrilisme de cette société où des personnes s'affairaient à donner leur opinion sur tout et n'importe quoi, dans la plus grande futilité, tandis que d'autres grillaient leur temps à utiliser ces mêmes opinions afin d'influencer les premiers.

Absurde.

Pendant que des crises humanitaires, entre autres, se déchaînent contre la population mondiale.

Mais, bien enfoui dans son rôle de garçon de café, Estéban n'intervenait pas et laissait s'exprimer ses clients, sachant combien l'Abyssin pouvait servir d'exutoire salutaire, ou d'agora tout en limitant les conséquences des débats et décrets provisoires prononcés entre deux gorgées d'alcool. Ces messieurs rentraient sagement chez eux après avoir évacué leur fiel, à l'heure du déjeuner.

Un soleil exagérait la puissance de sa luminosité, comme s'il explosait après avoir été maintenu dans l'étouffement sous d'épais brouillards jusqu'alors. Estéban résista à l'envie de porter ses lunettes de soleil toute la journée. Ce n'était pas un jour pour préparer son départ pour le Soudan du Sud, songeait Estéban qui depuis le matin attendait l'arrivée de Jade. Il regrettait de n'avoir pas pu lui en dire davantage la veille au sujet de ses missions passées. Le contraste entre Jade et les clients du café, et lui-même aussi désormais, lui assénait comme des gifles. Elle s'engageait et partait. Lui vivrait l'engagement par procuration, à l'instar de ceux qui le regardaient partir puis prenaient de ses nouvelles lorsqu'il effectuait ses missions.

Mais la première femme à passer la porte de l'Abyssin fut non pas Jade, mais Mireille, qui semblait affolée, encore plus qu'au naturel.

– Estéban ! Il faut que je te parle !
– Salut Mireille… prononça-t-il sur un ton las.
– Tu vas bien, d'abord ? Bon, oui, à ce que je vois !

Elle regarda autour d'elle pour s'assurer qu'ils n'étaient que tous les deux dans le café puis elle poursuivit :

– Par où commencer ? Voyons… Voilà, hier, j'ai rendu une visite moi aussi à Valentine, je suis arrivée, m'a-t-elle dit une heure à peu près après ton départ, je suppose que tu as roulé en pleine tempête, non mais tu as vu ça ? C'était incroyable, j'ai dû m'arrêter au bord de la route, c'était un vrai déluge ! Enfin si je ne m'étais pas arrêtée en route, on se serait retrouvé au même endroit, chez Valentine…

Estéban la regardait, elle était incapable d'aller droit au but, ni de prêter attention à son interlocuteur, sans quoi elle aurait constaté ce mélange de lassitude et de mécontentement chez Estéban qui attendait Jade et ne voulait plus voir Mireille, dans l'immédiat, pour le moins, le temps d'éclaircir ce qui se jouait autour de lui. Au milieu des fioritures langagières qui n'auraient pas détonné dans un salon rococo et qu'Estéban n'écoutait déjà plus, il piocha toutefois quelques informations des plus intéressantes.

Mireille avait demandé ouvertement à Martin ce que contenaient les enveloppes que Jules et lui avaient échangées. Il lui avait répondu que dans celle de Jules il y avait les documents nécessaires pour son départ et que la sienne contenait un book de Jules qu'un émissaire du mécène collectionneur était venu spécialement récupérer à Genève ce jour-là, et que Martin la lui avait apportée un peu plus tard dans la matinée.

Sauf que tout comme Estéban, Mireille apprit par Valentine que Jules n'était pas un artiste mais un imposteur.

Quid du *pressbook* de l'artiste? *Quid* de ce soi-disant mécène? Si cette enveloppe ne contenait pas une présentation des œuvres de l'artiste, alors que contenait-elle? Et surtout, pourquoi Martin lui avait menti, à elle, sa propre épouse? Les joues de Mireille étaient écarlates.

– Qu'est ce qui peut m'assurer que toi, tu es sincère et que tu n'es pas aussi une usurpatrice? Coupa soudainement Estéban, avec un calme impitoyable.

Interloquée et interrompue dans son élan, Mireille mit un temps avant de réagir par un rire franc.

– Mais enfin... Estéban... Tu ne vas pas toi aussi te mettre à changer de visage... Tu es le seul qui reste en qui j'ai confiance...

– Je ne peux pas en dire autant. Trancha net Estéban. Ton mari est impliqué dans mon agression. Et tant que je ne sais pas jusqu'à quel point toi tu l'es aussi, je préférerais que tu t'abstiennes de venir me voir.

Ce disant, Estéban avait contourné le comptoir, toujours aussi calmement et s'était dirigé vers la porte de l'Abyssin qu'il tenait ouverte, sans ambiguïté il invitait Mireille à quitter les lieux sur le champ.

Mireille était figée, interdite, tout s'écroulait autour d'elle, et en cet instant elle éprouvait en réalité exactement le même sentiment qu'Estéban. Elle fut incapable de prononcer un mot de plus, elle prit ses affaires et se dirigea à son tour vers la sortie, les yeux fixés dans ceux d'Estéban où elle essayait de trouver une bribe d'amitié, en vain, manifestement.

Jade croisa Mireille un peu plus loin et s'inquiéta de son sort qui visiblement devait lui servir des coups redoutables, mais celle-ci ne la vit même pas.

En entrant dans le café, intriguée et inquiète, Jade constata que quelque chose de grave venait de se jouer entre Estéban et Mireille. Il semblait terriblement affecté également.

– Que se passe-t-il Estéban ?

– Oh… Rien, rien, ne t'inquiète pas. Alors, prête ? demanda-t-il sur un ton qu'il forçait à rendre naturel, ce en quoi il échoua puisque son accent du sud fort et incongru en cet instant le trahit.

– Dis-moi ce qui vient de se passer, ordonna fermement Jade. Je viens de croiser Mireille dehors. Vous vous êtes disputés. Pourquoi ? À quel sujet ?

Jade, gonflée par l'assurance qu'elle prenait dans l'imminence de son départ en mission, se montra spontanément directive, mais dans le même instant, elle réalisa qu'elle s'immisçait dans ce qui ne la regardait pas Estéban se fit sans doute la même réflexion et il répondit en souriant :

– Tu es bien curieuse, Jade ! Où en es-tu avec tes préparatifs ? Es-tu prête ?

– Oui, enfin autant que l'on peut l'être avant de partir sur un terrain dévasté et en pleine crise humanitaire… Tu sais ce que c'est… L'appel nous galvanise, tout nous pousse à croire en la réussite de notre mission avant le départ…

– Oui, je sais ce que c'est, en effet… Après, sur le terrain…

Estéban n'acheva pas sa phrase, de toute manière, Jade connaissait cette expérience elle aussi, et elle savait pertinemment combien son propre engagement serait bousculé sans cesse par la pratique sur le terrain, et combien il fallait déployer de force surhumaine — ou d'illusion — pour continuer de croire en la légitimité et le bienfondé de chacune des actions. Combien il fallait lutter pour garder à l'esprit le but de la mission, c'est-à-dire l'accompagnement d'êtres humains, leur survie, leur santé, leur dignité, contre des assauts venant de toutes parts. Des assauts armés, des assauts politiques, administratifs et financiers, des agressions physiques et verbales, des tentatives de sape provenant de tous bords, y compris des aidés eux-mêmes..., pensa-t-il.

– Grisant mais destructeur. Se contenta de résumer Jade. Alors, dis-moi, pourquoi êtes-vous fâchés avec Mireille ?

– S'il te plait, Jade, parlons d'autre chose.

– Et cette liste ?

– Jade ! Estéban devint suppliant, elle était sur le point de partir en plein cœur d'un théâtre de guerre, il souhaitait lui apporter plutôt un moment de grâce avant la plongée au bord de l'enfer. Il aurait beaucoup aimé partager avec elle son histoire, mais la tenir à l'écart lui semblait plus prudent, et puis décidément, ce n'était pas le moment.

– Assieds-toi, as-tu déjeuné ? Je vais te préparer un croque-monsieur. Tiens, goûte ce vin.

– Un délice ! Je reviens dans quatre semaines, au plus, si tout se passe bien. En attendant, tu peux m'envoyer des mails, je lirai, mais ne t'inquiète pas si la réponse tarde !

– Très bien. Tu as signé pour combien de temps ?

– Déjà ces quatre semaines, j'aviserai ensuite...

– Bon, j'attendrai de tes nouvelles. Et je t'en donnerai dès que j'avancerai de mon côté, ajouta-t-il après un silence.

Leur conversation demeura superficielle, en apparence du moins, le plus beau résidant dans le non-dit, une inquiétude réciproque confirma le lien soudé entre eux.

Jade partit tandis qu'Estéban avait dû répondre aux sollicitations des clients qui entraient les uns après les autres dans son café, un au-revoir à la volée garda sous pli tout ce qu'ils ne s'étaient pas dit.

Le soir après la fermeture de l'Abyssin, Estéban décida d'appeler l'homme de Baaj, estimant que ce dernier saurait mieux que quiconque le renseigner au sujet des noms figurant sur la maudite liste.

Raphaël, c'est ainsi qu'Estéban avait surnommé l'homme de Baaj pour préserver sa véritable identité, n'avait pas attendu pour décrocher le téléphone. Il était content d'échanger avec Estéban, même après toutes ces années, lui vouant une éternelle reconnaissance parce qu'il figurait pour lui le sauveur de sa fille, qui avait bien grandi, du reste. Après les effusions de retrouvailles téléphoniques, Estéban aborda le sujet de la liste dont il espérait que Raphaël l'aiderait à percer le mystère.

Après un temps de silence démesurément long au téléphone, Estéban reçut la réponse de l'homme de Baaj comme un coup sonnant sur la tempe :

– Ces noms… Ces noms sont des échos d'un passé révolu à jamais… Il ne faut pas réveiller les morts… Le ton de Raphaël était des plus graves et tristes.

– Tu les reconnais donc ? demanda prudemment Estéban.

– Oui… Toi aussi… Enfin, tu connais le sort qu'ils ont subi si ce n'est leur nom.

Estéban laissa traîner encore une poudre de silence dans lequel les grésillements du téléphone étincelaient comme les prémisses d'une redoutable explosion.

– Ils ont tous péri en mer… Ils étaient sur le bateau des… réfugiés…

L'homme de Baaj avançait prudemment lui aussi dans la révélation, car il avait appris après le tragique événement et après le départ d'Estéban ce que ce dernier avait perdu ce jour fatidique.

– Je ne comprends pas… Je ne comprends plus rien… Tu veux dire qu'ils étaient tous sur l' « Hippolyte » eux aussi ? Tu en es sûr ?

– Aucun doute. Je suis désolé Estéban. Il ne faut pas réveiller les morts comme ça.

– … Et de quel côté étaient-ils ?

– Du bon côté… Enfin, si l'on peut dire, ils sont morts une deuxième fois, deux fois victimes.

– Aucun doute ?

– Non, aucun. Ils ont subi la terreur chez eux, puis ils sont morts, le cœur sans doute inquiet mais avec la lueur d'espoir que peut laisser vivoter l'exil.

Estéban sentait en son cœur un magma en fusion, il retenait son souffle, retenait ses cris, tentait de contenir l'éruption vengeresse, car Raphaël devait souffrir autant que lui, lui aussi avait dû perdre des proches lors de cet événement tragique.

– Certains étaient tes proches ?, demanda-t-il à Raphaël.

– Ma cousine et sa famille ont embarqué sur l' « Hippolyte ».

– Je suis désolé.

– Oui, moi aussi. Mais tu sais, dans cette période

noire, chacun a beaucoup perdu. Maintenant, on essaie de revivre.

Sur ce, retrouvant une énergie insoupçonnable, l'homme de Baaj invita amicalement Estéban à oublier tout cela, du moins à ne plus en parler avant que le deuil n'ait fait son œuvre. Seuls les morts méritaient le souvenir, pas la rancœur, ni la colère, ni le désespoir. Et il changea de sujet, se mettant à raconter, volubile, tous les exploits accomplis par sa fille qui excellait à l'école et qui se préparait un avenir brillant.

Leur conversation téléphonique s'acheva sur ces notes que l'homme de Baaj souhaitait plutôt tournées vers le futur que vers le passé dévastateur.

Estéban se servit un gin, avant de s'affaler dans son fauteuil en cuir d'où émanaient des bribes de parfums vanillés rivalisant avec des souvenirs de tabac brun, et il plongea dans la photographie encadrée en face de lui. Dehors, de curieux flocons de neige nocturnes étouffaient les bruits, feutrant l'atmosphère et apaisant les lumières artificielles. Ils répondaient à ceux que l'œil du photographe avait autrefois figés dans leur instant, sur le cliché qu'Estéban observait.

Le petit format carré inventait une fenêtre sur quelques branches arthritiques d'un vieux pommier, sur l'une desquelles une pomme rouge passion figurait en résistance aux premiers assauts de l'hiver. Presque noir, presque blanc, et rouge rebelle au froid silencieux, comme un foyer vivace contenant en son sein tout l'élan de la révolution future.

Cette photographie au mur était le seul souvenir de Romy.

Estéban lutta contre son corps qui réclamait son comprimé de somnifère, et lui opposa la force du chœur *Lacrymosa* du Requiem de Mozart, volume excessivement fort, puis il se laissa aller au souvenir douloureux, guidé par les articulations noueuses des branches du pommier.

Romy avait réalisé ce cliché.

6

– Je vais démissionner.

– Vraiment ?

– Oui, d'ailleurs, ma lettre est prête. Tiens.

– Écoute, Romy, tu ne peux pas partir comme ça sur un coup de tête ! Je sais que la mission est difficile, mais on va y arriver, avait rétorqué Estéban avec un fort accent du sud.

– Tu ne comprends vraiment rien !

– Je comprends que tout le monde craque, que tous les éléments semblent liés contre nous, feu de tente ce matin, émeute dans le camp, discours insensé du futur président qui utilise nos actions pour mieux asseoir sa campagne contre son prédécesseur... Tout le monde craque ! Mais si chacun démissionne, qui va poursuivre cette foutue mission ?

– Cette mission... Oui, cette mission pourrie ! Comment peux-tu t'acharner quand tu connais tous ces rouages corrompus ? Je préfère préserver mon intégrité... Toi, tu ne te sens pas mal à l'aise dans tout ça ? Ça ne te gêne pas qu'on utilise ta mission comme ça, qu'on instrumentalise tes belles actions ? Tant mieux pour toi !

Romy s'était mise à crier, toute la fatigue accumulée, physique et nerveuse, toutes ses déceptions et désillusions devaient s'exprimer d'une façon ou d'une autre avant une gangrène générale.

– Tu ne comprends pas que non seulement, on ne porte secours qu'à quelques-uns (pourquoi pas tous ?), et qu'en plus, ce que l'on fait est perverti ? Comment peux-tu garder ta belle conscience avec tout ça ? Ouvre les yeux !

Estéban lui aussi bien sûr vivait très mal ces contradictions, mais au milieu de tout, il tentait de garder un seul et même cap à l'esprit, celui de porter secours à des êtres humains, celui de veiller à ce que des enfants puissent entrevoir la vie autrement que comme un terrible cache-cache contre des monstres.

– Ils sont bien ouverts, mes yeux, et ce que je vois, c'est que tu es en train de craquer. C'est légitime. Je te demande seulement de te reposer.

– Ce n'est même plus la peine de discuter avec toi. Toi et ton O.N.G., demande-toi bien quels intérêts tu sers, à chaque fois que tu agis. Sur ce, voici ma lettre de démission, et au-revoir.

Estéban lui avait tourné le dos à ce moment, il avait jugé l'échange stérile et inopportun, ils étaient tous les deux épuisés par la mission, et surtout par les résultats obtenus, bien loin, malheureusement, de l'idéal.

*

Pourquoi ne l'avait-il pas simplement prise dans ses bras à cet instant ? Au lieu de lui rappeler combien il l'aimait, il lui avait laissé croire qu'il était en total désaccord avec elle sur le sujet, et au contraire en parfait accord avec son départ.

Romy, perdue dans l'engrenage délétère de l'humanitaire, où l'engagement dévoile davantage l'ampleur des dégâts ainsi que les rouages pervers que les bienfaits, infimes soient-ils, de l'aide apportée, avait décidé alors de quitter l'O.N.G. pour embarquer avec des réfugiés sur la route de leur exil, résolue à les accompagner jusqu'au bout et correctement, en s'assurant personnellement des résultats.

Romy avait embarqué dès le lendemain sur l'« Hippolyte ».

Romy était morte le 5 novembre, en mer. Des « frappes aériennes » avaient « accidentellement » touché le bateau.

Des milliers de personnes avaient été effacées. Par un seul geste.

Les journaux les plus satiriques avaient révélé la responsabilité d'un pays européen.

Avant de se taire définitivement sur le sujet.

Des milliers de « migrants » au sujet desquels on n'aurait plus à se disputer le refus d'accueil.

Et Romy.

– Je vais démissionner.

– Vraiment ?

– Oui, d'ailleurs, ma lettre est prête. Tiens.

– Écoute, Romy, tu ne peux pas partir comme ça sur un coup de tête ! Je sais que la mission est difficile, mais on va y arriver.

– Tu ne comprends vraiment rien !

– Je comprends que tout le monde craque, que tous les éléments semblent liés contre nous, feu de tente ce matin, émeute dans le camp, discours insensé du futur président qui utilise nos actions pour mieux asseoir sa campagne contre son prédécesseur... Tout le monde craque ! Mais si chacun démissionne, qui va poursuivre cette foutue mission ?

La conversation mal achevée circulait dans l'esprit d'Estéban comme une boucle sur un vinyle rayé savamment, tandis que palpitaient d'autres mots, jamais prononcés, et qui ne pourraient jamais l'être.

Et Jade ? Même chose ? Pas tout à fait.

Estéban passa une longue et mauvaise nuit, il avait fini par s'endormir sur le fauteuil, à force d'inventer de nouvelles répliques imaginaires dans un dialogue fatalement impossible avec Romy.

Le paysage vallonné avait testé sa parure blanche pendant la nuit, mais le nappage éphémère n'eut qu'une petite heure pour se montrer, avant de fondre sur place. Dommage. L'une des vertus qu'accordait Estéban à la neige était la faculté de faire oublier le passé, ses bruits, ses parfums, et tous les êtres, en les drapant dans sa délicate attention.

*

Durant les deux semaines suivantes, la routine de l'Abyssin reprit ses droits, les habitués jouaient leur valse, mais avec des après-skis qui alourdissaient les pas et que l'on frappait bruyamment au sol avant d'entrer, sans parvenir toutefois à laisser dehors tous les souvenirs de la mélasse formée par la neige salée et boueuse. Estéban avait pris le parti de recourir aux somnifères pour s'assurer des nuits réparatrices, et de se concentrer le jour sur la vie de son café.

Un matin, Pierre entra dans l'Abyssin, et du haut de sa bonne humeur naturelle, il proposa à Estéban de l'accompagner pour une première sortie en peau de phoque dans le massif du Mont-Blanc.

– C'est tentant ! lui répondit Estéban, mais je ne suis pas encore tout à fait remis, avec cette épaule…

– On y va tranquille, sans forcer…

– Je sais, mais je ne voudrais pas te ralentir, ou pire, risquer d'avoir besoin des secours. Tu y vas seul ?

– Non, avec Valéry, un collègue. Mais quand je te vois derrière ton bar, j'ai l'impression que tu es plutôt en forme !

– Oui ! dit Estéban en riant, il n'empêche que j'aurais dû terminer mes séances de kiné… J'évite certains gestes, et je ne me sens pas prêt pour une ascension, pour le moment…

– Comme tu veux, pas de problème ! Mais tu vas louper quelque chose ! Pierre n'insista pas davantage et il changea de sujet. Passe quand tu veux à la maison, j'ai de nouveaux livres à te prêter, au sujet des questions qui te tourmentent.

Estéban eut un instant d'hésitation, car Pierre ne pouvait rien savoir, *a priori*, de ses tourments du moment, avec les souvenirs de Romy creusant de petites ridules brûlantes en son cœur en effectuant leur révolution incessante, avec cette liste contenant les noms de ceux avec qui, probablement, Romy avait partagé les derniers instants de sa vie avant l'explosion. Avaient-ils eu le temps de le savoir ? La bombe avait-elle sonné un glas sifflant ? Puis Estéban réalisa que Pierre faisait plutôt allusion aux dernières conversations qu'ils avaient eues, avant le soir de l'agression.

– Ah oui ! C'est gentil, oui, je viendrai te voir un de ces soirs après la fermeture, enfin je tâcherai de fermer plus tôt.

– Quand tu veux ! Et si tu changes d'avis pour la sortie en peau de phoque, n'hésite pas ! Sur ce, je te laisse, je vais chercher le petit à l'école.

– Merci Pierre, à bientôt.

Estéban leva les yeux pour accompagner Pierre du regard alors qu'il sortait de l'Abyssin, quand soudain, il lâcha le verre qu'il était en train d'essuyer, Café Crème était debout, statique, en face du café et il regardait en sa direction. Estéban laissa tout pour sortir sur le champ, mais Michel et ses complices rustauds et bruyants lui barrèrent la sortie alors qu'ils venaient de pousser la porte. Estéban ne put éviter les mains qu'on lui tendait depuis ce barrage inopportun, il tentait de percevoir l'extérieur au-dessus des épaules de ses clients visiblement très en forme et déjà pris dans une conversation houleuse qu'ils avaient dû amorcer juste devant le café. Lorsque Michel et sa bande libérèrent le passage, il n'y avait plus personne dehors.

Dépité, Estéban reprit sa place derrière le comptoir et servit ces messieurs avant de s'occuper des bris de verre. Il se coupa en les ramassant, ses yeux n'étaient pas à la tâche mais cherchaient plutôt l'ombre fantomatique dehors en face de l'Abyssin, sous les battements sourds de ses tempes.

– T'as lu les nouvelles c'matin ? demanda Michel à Estéban qui lui fit non de la tête. Ils ont retrouvé un macchabée au port de Sciez ! Ah ça ! J'peux t'dire que ça ne serait jamais arrivé dans la Savoie indépendante ! Sont tous corrompus et pervers !

En dépit de la triste nouvelle que Michel venait de lui apprendre, Estéban ne put réprimer un sourire à l'idée que tout était bon pour celui-ci, pour servir d'argument à la lutte savoisienne. Il n'en loupait pas une !

– Deux balles dans la poitrine ! Tu t'rends...

– Non, quatre ! coupa l'un des compères de Michel.

– Deux j'te dis ! reprit le savoisien, deux balles ! Tu t'rends compte ? Jamais vu ça ! Et pourtant j'suis né ici, comme mon père, et mon grand-père et...

– Ça va, ça va, on sait que tu es bien d'ici ! coupa une nouvelle fois Vincent qui aimait bien taquiner Michel, et en général, il parvenait facilement à ses fins, à savoir faire sortir Michel de ses gonds.

– Oui, bon, tout le monde ne peut pas en dire autant ici !

Estéban ne releva pas, ni ne se sentit visé car cette courte joute aux relents haineux n'avait d'autre enjeu que la mise en scène d'un rapport de forces entre les deux hommes. Du reste, on le traitait en général comme un enfant du pays, un effet dû au si grand bonheur qu'il avait produit en rouvrant l'Abyssin.

– Bref, reprit Michel animé par les petites piques, le gars a pris deux balles ! Tu t'rends compte ?

Estéban marqua un étonnement réprobateur, ce visage même que Michel attendait de voir sur lui, mais il ne dit rien, comme d'habitude, sauf que pour désamorcer l'échauffement qui grandissait entre Vincent et Michel, il posa cette simple question :

– Vous savez qui est le mort ?

Cette question rebondit dans un silence net qu'elle avait produit. Les hommes se regardaient les uns les autres, espérant que l'autre prît la parole pour esquiver l'aveu d'ignorance.

– Va savoir ! Le trafic, c'est tout ce qui intéresse les gens ici, trafic en tous genres avec la rive d'en face !

Michel faisait référence à Genève, de l'autre côté du lac, quant au « trafic » évoqué, il semblait pratique comme objet suffisamment vague à dénoncer et à propos duquel se scandaliser en bonne et due forme.

– Si on était libres et indépendants, j'te garantis qu'on aurait bien autre chose à faire ici !

Et c'est une fois de plus à un véritable discours électoral que toutes les personnes présentes à l'Abyssin abandonnèrent Michel, le laissant monologuer tandis que d'autres conversations naissaient, d'abord en sourdine puis normalement.

Estéban quant à lui se perdait dans ses pensées, maintenant une once de vigilance suffisante afin de répondre promptement aux commandes de ses clients. « Il a deux trous rouges au côté droit. Pâle dans son lit vert où la lumière pleut. » Le sonnet rimbaldien jouait instinctivement son refrain, mais dans un désordre total et bien que le tableau fâcheusement bucolique ne correspondît pas tout à fait à ce que l'on pouvait imaginer du mort de Sciez. C'était l'hiver. Pas de cresson bleu au bord du lac Léman, ni de glaïeuls.

Durant la semaine suivante, les rumeurs les plus folles se mirent à circuler autour de ce mort du port du port de Sciez. L'entrefilet dans l'édition du *Dauphiné Libéré* avait cédé sa place aux têtes de pages quotidiennes relatant les événements et délivrant des éléments de l'enquête que menaient les policiers. Les hypothèses allaient bon train quant à l'identité de l'homme, à ses activités et aux circonstances de sa mort, et malgré les informations indigentes distribuées aucune réponse certaine ne filtrait. Le fait divers cependant étendait ses ramifications médiatiques sur un territoire qui grandissait un peu plus chaque jour. Un assassinat, par balles qui plus est, dans ce lieu si paisible avait de quoi galvaniser le département, puis la région tout entière. Et les hélicoptères survolant le Chablais incessamment nourrissaient les spéculations. Un agent secret ? Un trafiquant de drogue ? Un touriste malchanceux ayant croisé le chemin d'un criminel ?

Plus aucune conversation n'était épargnée, et dans chaque dialogue, les mots-clés « mort », « balles », « port de Sciez » affleuraient à un moment ou à un autre.

Estéban en était repu, cependant, comme à son habitude, il se gardait bien de s'exprimer sur le sujet, laissant aux autres les affabulations les plus surprenantes et inventives. Bien sûr, sa curiosité avait été attisée, mais pas au point de le préoccuper nuit et jour. Du reste, il avait l'esprit déjà bien peuplé par ses propres tourments et interrogations.

7

Pour Mireille, la situation était insoutenable. Elle n'avait plus d'ami à qui confier la dédramatisation de ses pensées, ni personne pour contrôler ses émotions en fusion totale. D'abord le départ de Jules, ensuite la trahison de Martin, et enfin, Estéban qui l'avait repoussée tout en lui confiant ses forts soupçons concernant l'implication de son époux dans l'agression. Pendant quelques jours, elle avait pris sa voiture pour rouler n'importe où, multipliant les demi-tours en cours de route pour changer radicalement de direction, comme l'aurait fait une souris de laboratoire dans un espace clos et piégé. Elle ne savait ni que faire ni que penser. Au volant de sa voiture, elle parlait à haute voix, mais ses propos comme ses actes n'avaient aucun sens. Chaque phrase butait contre un obstacle d'incompréhension. Sa chevelure en bataille exprimait tout autant le galimatias brouillon dans lequel elle s'épuisait.

En revenant de l'Abyssin, elle avait eu une discussion avec Martin, elle avait parlé ouvertement de l'imposture de Jules, et par conséquent du mensonge qu'il lui avait servi au sujet des enveloppes échangées.

Martin avait joué les ingénus, surpris par la révélation, et s'en était tenu à cette réaction, repoussant Mireille aux confins de son incrédulité. Il tint si fermement toutefois qu'elle se mit à douter de tout, absolument tout, à l'exception de sa parole à lui. Elle décréta qu'il avait raison et que Jules et Estéban étaient les traîtres. Toutefois, d'un côté ou de l'autre, subir la trahison était insupportable.

Pour comble de son malheur, Martin était parti en voyage en Malaisie pour trois semaines, l'abandonnant à son désespoir.

C'est ainsi qu'elle se mit à rouler n'importe où, n'importe quand, incapable de se fixer une destination à laquelle se tenir. Il lui fallait trouver quelqu'un à qui parler, c'était plus fort qu'elle. Elle décida un soir de renouer avec d'anciennes connaissances, elle se rendit à un vernissage à Genève, espérant retrouver un cercle d'amis qu'elle n'avait plus fréquenté depuis des années. Ceux-ci étaient présents, comme prévu, tous habitués des lieux. Mais au-delà de l'effusion des retrouvailles des plus émouvantes, Mireille se trouva bien en peine d'aborder avec qui que ce soit le triste sort qu'elle était en train de vivre. Elle avait bien essayé avec Marie-Jeanne, mais celle-ci s'était bien vite détournée, esquivant toute discussion sérieuse en saluant un autre ami qui lui proposait une autre coupe de champagne.

Frustrée, Mireille quitta les lieux et se remit à rouler, sur les routes comme dans sa tête au bord de l'implosion.

Le lendemain de cette soirée infructueuse, elle tenta de préparer un plan d'action avant de monter dans sa voiture. Sans réfléchir trop longtemps, elle estima qu'une visite à Valentine serait bénéfique à toutes les deux. Après tout, elle aussi avait été victime de l'imposture de Jules. Satisfaite, elle se prépara tranquillement, prit un petit déjeuner copieux, cette solution envisagée avait suffi à rendre un peu de sens à son existence que les derniers événements avaient rendue si grotesque.

Elle quitta le village de Boëge à dix heures, l'unique route qui redescendait à Bons-en-Chablais n'était plus glacée, le soleil avait terminé le travail des agents communaux qui dès l'aube avait saupoudré le bitume de sel. Elle roula tranquillement sur cette voie déserte, traversa Bon pour gagner l'autre vallon qui menait à Chezabois-Dessus. Les champs givrés rappelaient le froid saisonnier que contredisait l'humeur nouvelle de Mireille. Cette route en pleine campagne avait un air enchanteur de vacances et de dépaysement, alors même qu'elle la connaissait par cœur.

Elle arriva devant le chalet de Valentine, et fut transie soudain par une petite question qu'elle ne s'était même pas posée un instant avant de venir jusqu'ici : et si elle n'était pas là ?

Heureusement, Mireille n'eut pas à subir un effondrement total, car Valentine était bien là, profitant du rayonnement généreux du soleil sur la terrasse. Elle accueillit la visiteuse chaleureusement, tout comme Minos le fit avant elle, souhaitant la bienvenue et proposant à Mireille de se joindre à elle pour le bain de soleil hivernal, elle était heureuse de cette visite inattendue.

Mais, contrairement à ce que Mireille s'était imaginé, ce fut elle qui dut écouter, car Valentine aussi avait un besoin cuisant de parler, et ce qu'elle raconta laissa Mireille sous le choc.

– J'ai reçu la visite des policiers juste après la découverte du cadavre à Sciez…, commença-t-elle par dire.

– Ah oui, c'est vrai que ce n'est vraiment pas loin d'ici. Quelle histoire incroyable ! avait aussitôt commenté

Mireille, espérant accaparer la parole puis la garder ensuite. L'assassin est peut-être bien passé par ici… C'est peut-être même quelqu'un qui vit ici ! C'est totalement effrayant, j'espère que vous fermez bien tout le chalet, surtout le soir… Il est toujours recherché, n'est-ce pas ? Les gendarmes vous ont appris des choses peut-être, ajouta-t-elle sur un ton légèrement interrogatif. Les hélicoptères tournent toujours, reprit-elle sans même laisser le temps à Valentine de répondre.

– Oui, mais ce n'est pas pour cela qu'ils sont venus…, coupa soudainement Valentine.

Mireille réprima son besoin de parler pour entendre la suite, Valentine l'avait intriguée au plus haut point.

– C'est Jules…

– Comment ça, « c'est Jules » ?

– Le mort du port de Sciez.

– Que voulez-vous dire ? Mireille cherchait en vain une explication subite dans le regard que Valentine tenait fixement tourné dans la direction de son interlocutrice. Sur le coup, elle avait pensé que Valentine désignait Jules comme l'assassin et demeurait dans un suspens intenable.

– C'est Jules qui a été assassiné. Les policiers sont venus m'interroger à son sujet… Je suppose qu'ils m'ont suspectée à un moment, naturellement, ils m'ont posé un tas de question sur notre relation, sur ce que je pensais de lui, *et cætera*.

Mireille n'en revenait pas. Ses émotions se renvoyaient la balle à une vitesse folle entre l'immense chagrin, la panique et les interrogations multiples.

– Mais… tenta-t-elle, incapable de construire une phrase intégralement.

– Je ne sais pas grand-chose, coupa Valentine qui devinait bien, il n'était pas utile d'être bien voyante pour cela, l'état dans lequel cette nouvelle avait mis Mireille. Deux balles l'ont atteint, il serait mort sur le coup. Il n'avait aucune affaire avec lui, comme si on l'avait dépouillé. Si bien que les policiers ont envisagé un vol, d'ailleurs.

– Mais vous êtes sûre ? Enfin, je veux dire, ils sont certains que c'est bien Jules ? Comment ont-ils su que c'était lui ? Surtout s'il n'avait plus aucune affaire avec lui…

– Aucune idée… dit Valentine profondément triste.

– … D'ailleurs, qui connaît vraiment son identité…, ajouta Mireille sur un ton amer. Et vous avez une idée de ce qui a bien pu se passer ? Qui a tiré sur lui ? Tout de même, c'est complètement insensé !

– Je ne sais rien, les gendarmes ne m'ont rien dit bien sûr, cela paraît normal, d'ailleurs…

– Non mais ce n'est pas vrai ! Mireille cessa de retenir ses larmes, car même si Jules l'avait trahie, il avait été son ami pendant des années, et ils étaient très complices.

– Si de votre côté vous apprenez quelque chose, vous viendrez m'informer, n'est-ce pas ? demanda Valentine doucement.

– Bien sûr ! dit Mireille entre deux sanglots.

– Ils ne sont pas venus vous voir ?

– Qui ?

– Les gendarmes…

– Non… Mais je m'attends à ce qu'ils viennent, ils vont bien découvrir que nous étions amis… C'est vrai… Mireille avait cessé de pleurer et elle se mit à imaginer ce que pourrait être un interrogatoire. Je vais vous laisser, finit-elle par dire en se levant.

Valentine la remercia pour sa visite et la pria de la tenir au courant quant à l'évolution des événements et recherches, Mireille promit avant de partir.

– Refermez bien à clé ! cria-t-elle depuis sa voiture à Valentine qui l'avait raccompagnée vers la sortie et restait dans l'encadrement de la porte en attendant d'entendre démarrer.

Au volant, la première pensée de Mireille alla vers Estéban, il fallait le mettre au courant. Après tout, il était le troisième pilier du trio. Oui mais… Estéban ne voulait pas la voir. « Enfin là, c'est un cas de force majeure ! », dit-elle à haute voix dans sa voiture. Et s'il était mêlé à tout ça ?

Elle tergiversa tout au long de la route, elle avait pris spontanément la direction de Lucinges en partant de Chézabois-Dessus, mais au dernier moment, elle manqua la bifurcation qui conduisait au village et poursuivit tout droit sans s'arrêter. En roulant ainsi, perdue dans un monologue animé, elle se retrouva à Chamonix sans bien comprendre comment. C'était comme si la voiture s'était débrouillée toute seule. Mireille s'arrêta, hagarde, sur le parking de l'Aiguille du Midi qui pointait sa cime vers le ciel sans aucune intention.

Machinalement, elle sortit de la voiture puis se dirigea vers la gare des télécabines. Elle prit un ticket et se retrouva deux heures plus tard sur la plateforme San Remo, sous un soleil aveuglant et au milieu d'une horde de touristes qui n'en finissaient pas de se photographier les uns les autres dans ce décor à jamais sublime, le réduisant impunément à une simple toile de fond.

Grisée par l'altitude autant que par le bourdonnement de tous ces gens qui semblaient davantage affairés par eux-mêmes que par le reste, Mireille oublia complètement tous les événements et plongea avidement dans la contemplation.

Étrange phénomène que cet échange avec les géants raffinés de roches, de glace et de neige, tout se passe comme s'ils absorbaient les pensées et ne renvoyaient que leur propre majesté pour inspirer fascination, exerçant ainsi une sorte d'emprise sur le spectateur réduit au silence, au vide, et voué à la vénération. Et puis soudain, sans prévenir, la roche se ferme, peut-être repue en son cœur pour l'heure, sans cesser pourtant l'attraction, attirant en elle l'intériorité de son admirateur, mais pour la lui renvoyer grossie par un immense écho, comme sous l'effet d'une loupe *kaléïdoscopique*.

Mireille vécut ces deux événements successifs. D'abord l'absorption étourdissante des idées noires qu'elle avait inconsciemment emmenées à cette altitude depuis le Chablais, puis, retour amplifié et démesuré soudain de sa propre intériorité, réfléchie par les pans abrupts de l'Aiguille repue. Ce fut comme un électrochoc.

Martin était peut-être très impliqué, songea-t-elle, hébétée au milieu de la foule excitée par la splendeur, l'écran du smartphone filtrant le charme exercé par les géants. En « voyage » … Comme par hasard… Cette pensée était insoutenable, pareille à une lame fine et acérée en son cœur. Insoutenable ! Mireille lutta pour orienter ses soupçons du côté d'Estéban plutôt que vers Martin, un pis-aller, certes, mais la pensée lui sembla un peu plus supportable et elle coupa court cette idée que son propre époux pouvait être un acteur dans la mort de Jules.

À cet instant son corps la rappela à l'ordre, la température négative avait insidieusement traversé ses vêtements de ville et venait d'atteindre les os après avoir anesthésié la chair et les nerfs. Mireille se secoua vivement et se mit à l'abri.

Dans le couloir vitré, elle se laissa porter par l'histoire du téléphérique de l'Aiguille du Midi dont un écran géant diffusait les images commentées. Il y avait de quoi frissonner, outre le froid pénétrant, en voyant cette séquence filmée d'un homme sur la plateforme rudimentaire qui servit à monter les tonnes de ciment et de matériel vers le Col du Midi au début des années 1950, afin d'édifier le plus haut téléphérique du monde.

Elle écouta le commentaire émis tandis que d'autres images défilaient. C'était René Vernadet qui s'exprimait, un alpiniste et cinéaste qui filma l'inauguration du téléphérique dont le deuxième tronçon du Plan de l'Aiguille jusqu'à l'Aiguille du Midi fut ouvert en 1955. Le cinéaste racontait une anecdote qui s'était déroulée pendant le tournage de *La Tour blanche*, un film de 1950 réalisé par Ted Tetzlaff avec Glenn Ford et Alida Valli. « Le général Montgomery, de passage à Chamonix, souhaita rencontrer les deux grandes vedettes en tournage dans la Vallée Blanche, et pour ce faire, on l'emmena sur cette fameuse plateforme. Comme il n'y avait pas de talkie-walkie à cette époque, on tapait sur le câble pour donner des indications au conducteur. Lors de la redescente, ce dernier interpréta mal le signal et la plateforme se déroba sous les pieds du Maréchal ! Il fut rattrapé de justesse par les épaulettes ! ». Le récit s'achevait ainsi sur un rire facétieux.

Mireille attendit la benne, machinalement, s'estimant terriblement chanceuse de bénéficier de cette installation, s'imaginant en contraste devoir redescendre sur la plateforme qui faillit coûter la vie au Maréchal, et au projet tout entier, car cela aurait été un « beau scandale », comme le disait la voix de René Vernadet.

Elle rentra chez elle le soir, épuisée par cette journée intense et des plus éprouvantes. Elle s'endormit promptement.

8

Avec le froid précocement hivernal, Café Crème et ses sbires s'étaient invités dans le quotidien d'Estéban. Cela faisait une semaine que chaque jour, il apercevait l'un ou l'autre en faction en face de l'Abyssin. Mais à chaque fois, ils parvenaient à esquiver lorsqu'Estéban tentait de les approcher, décidé à en finir clairement avec cette histoire dont il ne comprenait ni les tenants ni les aboutissants. Pourquoi l'avaient-ils agressé ? Pourquoi l'avaient-ils laissé pour mort avec cette liste de noms ? Que lui voulaient-ils ? Estéban exigeait des réponses, et leur manège de surveillance, sans doute pour essayer de l'intimider, avait-il pensé, ne parvenait pas à le détourner de ce besoin impérieux de les questionner. À chaque fois qu'il percevait l'un des trois, il lâchait promptement tout et sortait en courant. Mais ils étaient plus rapides, et préparés à fuir.

Les clients de l'Abyssin qui assistaient à ces scènes demandaient des explications à Estéban, mais il parvenait à détourner la question, de toute façon, il n'y avait franchement rien à en dire tant que ce n'était pas éclairci.

Mais lorsque certains habitués commencèrent à s'inquiéter sérieusement, n'étant plus dupes du ton léger sur lequel Estéban traitait l'histoire, il fit plus attention et se retint de sortir en leur présence, et même, d'attirer leur attention sur les fantômes qui se plaçaient en face du café, à l'autre bout de la place.

Mais s'il était beaucoup plus discret dans ses réactions, Estéban n'en était pas moins inquiet, bien au contraire. Ces hommes étaient capables du pire, et il ne comprenait toujours pas ce qu'ils lui voulaient.

Quinze jours s'écoulèrent ainsi avec ce jeu sordide. Parfois, dupé par sa propre inquiétude, Estéban croyait voir l'un ou l'autre de ses surveillants pernicieux. Un matin, il crut voir Café Crème, avisant dans la seconde qu'il n'y avait personne dans son café, il sortit en courant et se sentit atrocement confus en réalisant que celui qu'il venait de brutaliser en l'attrapant par l'épaule pour qu'il se retourne, n'était autre qu'un vieux monsieur, dont les cheveux blancs dépassaient de la casquette noire, au-dessus des oreilles. Il présenta ses excuses à l'homme qui, passée le choc, ne fit pas plus de cas de ce qui venait de se produire.

Lorsqu'il les voyait, en face de l'Abyssin, mais que des clients étaient là, Estéban enfouissait comme il le pouvait une rage d'incompréhension et de violents mouvements impulsifs.

Et puis un matin, il eut une très mauvaise surprise en pénétrant dans l'Abyssin. Sur le comptoir il trouva une enveloppe blanche qui ne donnait aucune indication. Il l'ouvrit. La même liste de noms. Estéban tourna et retourna la feuille à la recherche d'un mot, d'une signature, mais en vain. La seule chose qui différait par rapport à la première liste, c'était le signe « + » suivi d'un point d'interrogation ajouté à la main au bas de la page. Estéban releva les yeux en direction de la porte d'entrée d'abord, puis vers l'extérieur, à la recherche de Café Crème ou de l'un de ses acolytes. Il n'y avait personne dans cette aube laiteuse et brumeuse qui annonçait sa chute de neige. Estéban se dirigea vers la porte pour l'ouvrir, et constata qu'elle était bien verrouillée.

Comment étaient-ils entrés ? Et sans le réveiller de surcroît ! Alors qu'il dormait dans son appartement attenant au café. La porte entre les deux était restée ouverte… Ils étaient entrés et avaient déposé cette enveloppe ! Estéban peinait à contrôler ses émotions. Il aurait aimé en avoir un sous la main pour le gifler d'abord, avant de le questionner jusqu'à obtention de réponses. Cette fois-ci, il était bien décidé à les attraper pour donner une explication à toute cette histoire.

Les habitués commencèrent leur ronde, ce matin-là, et Estéban sentit bien que quelque chose était différent, sans bien identifier quoi, jusqu'au moment où Michel lui posa ouvertement les questions qui commençaient à enfler la rumeur.

– C'est qui ces gars qui te surveillent, Estéban ?

Estéban n'avait pas du tout anticipé, pris au dépourvu il hésita entre désamorcer l'interrogatoire par une boutade et donner une réponse franche et nette. Son humeur joviale avait été sapée dès l'aube par la présence de cette enveloppe sur le comptoir, alors il répondit :

– Je n'en sais rien.

– Ouais…, répondit Michel incrédule. Tu as des problèmes ?

– Je ne sais pas ce qu'ils me veulent. Ce sont les trois de l'agression, finit par prononcer Estéban.

– Quoi ! Et ils se r'pointent comme ça en plein jour ? Pourquoi tu nous as rien dit ? On va les choper, nous. Ah ça, tu peux compter sur un haut-savoyard, j'te garantis, hein ? Lança-t-il à ses compères qui acquiescèrent, machinalement, sans doute.

– C'est gentil, mais je préfère m'en charger. Je ne sais pas qui ils sont.

– C'est qu'entre ton agression et le mort du port de Sciez, on commence sérieusement à perdre toute la tranquillité ici !

Étrangement, Michel n'embraya pas sur la ligue savoisienne, il avait pourtant en mains une bonne amorce. Estéban le remarqua et mit le phénomène sur le compte de l'inquiétude sincère que Michel éprouvait. Il tenta de le rassurer.

– Ne t'inquiète pas, c'est à moi qu'ils en veulent. Je ne sais pas pourquoi, mais je compte bien le savoir très vite. Le premier des trois qui ose se pointer aujourd'hui, je ne le laisserai pas filer, je te garantis.

Son accent du sud avait pris ses quartiers, ce qui amusa Michel et ses amis qui suivirent ses rires, sans trop savoir de quoi il s'agissait.

Estéban passa la journée collé à la porte de l'Abyssin, prêt à sortir en courant à la moindre alerte. Mais évidemment, aucun d'eux ne vint, ni Café Crème, ni aucun de ses sbires. La journée fut longue, comme un mardi consciencieux où chacun vaque vaillamment à ses occupations sans pause. Le jour prit sa retraite très tôt, c'est à peine s'il avait daigné se montrer du reste, entre deux bouffées de neige et deux autres de brume épaisse.

Tout était calme et paisible, Estéban ne trouva donc

aucun motif pour s'extraire de ses ruminations délétères. Jusqu'au moment où son téléphone sonna. Il sursauta, surpris de constater que le silence écrasant n'était pas le fait d'une surdité naissante.

– Allô ?

– Estéban ?

– Oui… Ah, c'est toi ? Comment vas-tu ? Estéban avait reconnu les sons émanant du pays de l'homme de Baaj, puis sa voix.

– Bien, bien…

Passées les longues politesses d'usage, l'homme de Baaj en vint au fait.

– Tu sais, ta liste, j'en ai parlé à mon ami Moustafa, tu te souviens de lui ? Bref, lorsque je lui ai donné les noms, il y en a un qu'il a reconnu. Cet homme est celui qui a enlevé ses trois filles… Huit ans, six et cinq à peine pour la dernière…

– Tu veux dire que…

– Oh, Estéban, pas un homme dans mon pays n'a été épargné par cette cruauté, tu sais…

– Et le nom de ce bourreau est parmi ceux de la liste… Tu es bien sûr ?

– Moustafa ne pourra jamais oublier.

– Oui, je sais… Je te fais confiance…

– C'est le troisième nom de ta liste. Ce n'est pas bien, mais je te jure que celui-ci, je suis bien content qu'il ait embarqué sur « l'Hippolyte » !

Estéban eut un pincement comme à chaque fois que survenait le nom de ce maudit bateau. Il le réprima et remercia chaleureusement l'homme de Baaj de son appel. Cette information donnait une tournure nouvelle et apportait quelques éléments pour une hypothétique réponse aux événements que subissait Estéban.

Replonger dans ces souvenirs était extrêmement douloureux pour lui. Il avait perdu Romy. Et il avait fréquenté l'inhumain, celui qui continue de s'épandre après la fin des combats armés de la guerre ouverte. Il se souvint d'avoir lu dans la presse internationale, quelques mois après son retour en France, le récit de cette femme, Hiba, donnée en mariage à un membre du groupe terroriste qui sévissait alors. Elle était tombée enceinte puis son époux avait péri au combat. Elle avait pris la fuite. Oui, mais, les hommes de sa famille avaient alors décidé alors qu'elle devait mourir, car elle avait emporté avec elle, en fuyant ainsi, le déshonneur. Pourtant, aucun membre de sa famille n'aurait avoué la moindre affinité avec le groupe terroriste, par ailleurs. Forcée de fuir encore, elle avait tenté de trouver secours auprès de sa famille maternelle. Celle-ci la chassa. Elle avait dû fuir encore, avec sa mère et sa sœur, puis retourner à Al-Ratba, là où sa sœur fut assassinée. Elle fut recueillie par une association.

C'est que ses oncles paternels convoitaient une petite maison dont Hiba était propriétaire.

Pendant cette guerre, comme pendant toutes les autres, des crimes atroces furent perpétrés, puis après elle, comme après toutes les autres, d'autres crimes atroces furent encore perpétrés.

Que sont devenues ces petites filles enlevées par des guerriers ? Huit ans, six ans, cinq ans.

Dans les camps de réfugiés construits par une O.N.G. à vocation humanitaire, faut-il refuser l'accueil à d'anciens bourreaux ? Comment être sûr qu'ils en étaient bien et qu'ils ne sont pas prétendus tels par une délation qui sert d'autres intérêts ? Est-ce le rôle d'une organisation humanitaire de juger ? La décision d'accueillir tout le monde sans distinction autre que le degré de besoin est déjà un parti pris. Est-il légitime ? Au nom de quoi ?

Ces tourments étaient l'apanage d'Estéban, de chaque instant lorsqu'il était en mission, sur le terrain. Chaque jour apportait avec lui son lot d'interrogations dépassant amplement les maigres outils fournis par un protocole établi probablement à la hâte au cours d'une mission ancienne, par on ne sait qui. Bien souvent, c'est une « morale par provision » qu'il faut adopter, car la situation d'urgence exige une action prompte, une décision immédiate, tandis que le bagage de questions qu'elle soulève est laissé comme à la consigne dans le hall de gare d'une station proche des oubliettes.

Pourtant, Estéban en avait toujours eu conscience, chaque acte était susceptible de provoquer de graves conséquences, voire d'aggraver la situation humanitaire, ce qui était un comble proprement inacceptable pour qui ne se contentait pas d'agir aveuglément, la conscience lavée par le fait même d'honorer une mission sur le terrain.

Connaître l'histoire, toute l'histoire dont découlait une situation de crise humanitaire était un minimum. Ne négliger aucun belligérant, même celui qui agissait dans l'ombre, sous couvert, était une gageure mais combien nécessaire.

Estéban s'étonnait souvent de l'ignorance de ce sujet chez de nombreux intervenants. Elle lui semblait tout aussi incompréhensible que l'inaction de la plupart des gens, alors même que l'on sait qu'un pays un peu lointain cesse de figurer dans les brochures d'agences de voyages pour cause de guerre puis de crise humanitaire.

Impossible pour Estéban d'oublier tous ces tourments, il devait vivre avec. Les habitants de Lucinges ignoraient tout de cela, à l'exception de Pierre auprès de qui il s'était tourné afin de progresser dans la recherche de réponses et de solutions, et qui, dès lors, devait bien se douter du passé humanitaire d'Estéban, même si ce dernier n'avait jamais abordé ouvertement ni avec précision cette réalité passée, préférant gagner l'abstraction philosophique dont l'humanitaire souffrait justement la carence, pensait-il.

Ainsi, dans le plus grand secret, Estéban s'était assigné cette tâche de traiter tous les problèmes épineux de l'humanitaire dans une thèse en philosophie.

Depuis le soir de l'agression, Estéban n'avait pas repris ses réflexions et recherches, toutefois, trop préoccupé par de nouveaux maux bien énigmatiques.

Ce soir-là, Estéban ne dormit pas. Comment s'endormir sur les paroles de son ami lointain, l'homme de Baaj ?

Huit ans, six ans, cinq ans.

Et que signifiait cette nouvelle liste avec les signes ajoutés ?

9

Après quelques jours de monologue ininterrompu, Mireille ne tint plus. Elle devait en avoir le cœur net : Estéban était-il, oui ou non impliqué dans la mort de Jules ? Que savait-il à ce sujet ? Et pourquoi refusait-il de la voir ? La suspicion d'une éventuelle implication de Martin dans l'agression lui paraissait de plus en plus comme une aberration, et semblait plutôt servir de prétexte pour la tenir à l'écart et ainsi éviter qu'elle ne découvrît des éléments permettant de révéler le rôle joué par Estéban lui-même dans la disparition de Jules.

Ainsi, une fois remise de son escapade imprévue à l'Aiguille du Midi, Mireille avait encore attendu quelques jours, espérant recevoir la visite des gendarmes à qui elle comptait bien poser un certain nombre de questions dont elle avait dressé la liste par écrit. Dans un état d'esprit moins agité, elle se serait rendue compte de l'absurdité de cette attente, puisqu'évidemment, si les gendarmes venaient la voir, ce serait pour lui poser des questions à elle, certainement pas pour répondre aux siennes.

Le fait était que seule, sans interlocuteur, ou plutôt personne pour l'écouter, Mireille perdait facilement le fil de la raison et elle s'engouffrait avec fougue dans des théories marquées par l'absence de garde-fou.

Et Martin qui n'en finissait pas de prolonger son voyage.

Ce mercredi matin gelé, où le paysage pouvait ressembler à un carottage géant de permafrost, Mireille partit en direction de Lucinges, avec une détermination qui semblait ancestrale et comme éveillée après un sommeil séculaire. Seul le verglas qui faisait de la route un vaste miroir parvint à ralentir l'allure. Elle fit quelques pointes à cinquante kilomètres à l'heure dans une ligne droite, et sa posture de pilote de rallye prêt à en découdre ne la fit pas davantage gagner en vitesse.

En arrivant devant l'Abyssin, elle eut un véritable choc. Il était huit heures du matin, Estéban n'avait pas ouvert encore, visiblement.

Sur toute la devanture, de grosses lettres capitales et tracées à la peinture rouge formaient le terrible mot « ASSASSIN ».

Mireille fut glacée sur place, comme renvoyée à une strate ancienne.

Elle ne put ni bouger, ni crier, ni parler.

Estéban quant à lui avait du mal à s'extraire de son sommeil, une nouvelle fois, et il en était ainsi chaque matin depuis qu'il avait renoué avec les maudits somnifères.

Les paupières lourdes et les gestes indécis, il avançait à mi-chemin entre la réalité hivernale et l'illusion de chaleur étouffante qu'avait suggéré son rêve où une fois encore, il devait sauver Jade d'un péril, non pas en mer dans celui-ci, mais au beau milieu d'un carnage perpétré au sein même d'un camp de déplacés par des guerriers qui se cachaient là parmi des réfugiés lesquels avaient fini par les dénoncer. Mais comme toujours lorsqu'il rêvait d'elle dans ce genre de situation, ce qui était assez fréquent ces derniers temps, Estéban n'agissait qu'à demi, retenu en partie par quelque chose de totalement insignifiant et déplacé, embarrassé par un verre ou par un bouton de manchette récalcitrant.

Dans son semi-réveil, Estéban était encore pâle de honte et de désespoir, et l'esprit accaparé par des évocations de Jade telle qu'il l'avait vue avant son départ en mission, puis par des souvenirs de ses propres missions effectuées dans le passé.

Il aurait tant aimé apercevoir Jade dehors, attendant avec un grand sourire qu'il vienne ouvrir la porte de l'Abyssin. Elle lui avait écrit la veille par mail, donnant quelques éléments succincts sur l'état de fait au Soudan du Sud, ravagé. Elle était sur le point de rentrer une dizaine de jours en France, et cette nouvelle avait réjoui Estéban qui, sans se demander pourquoi, aurait bien aimé pouvoir lui confier ses tourments et inquiétudes quant aux événements récents.

Sa démarche ne ressemblait pas à celle que lui connaissait tout le monde, de coutume plutôt aérienne et engagée, il traînait les pieds dans des pas hésitants et lourds, comme si le magma confus de son esprit embrumé produisait des cailloux qui descendaient au fur et à mesure le long de son corps pour aboutir dans ses chaussures. Une douche vivifiante diminua considérablement le poids accumulé à ses pieds, mais sitôt sorti, le magma confus se remit à produire insidieusement ses minéraux.

Avant de gagner la porte du café, il s'arrêta au comptoir et se servit un grand verre d'eau puis un expresso bien serré. Il tournait le dos à la porte, comme s'il n'était pas encore prêt pour lever le rideau et entrer en scène.

Lorsqu'il se retourna pour enfin aller ouvrir, il resta suspendu aux énormes lettres peintes en rouge vif sur les vitres. Elles étaient à l'envers mais il lut immédiatement le message. Son cœur s'affola, son esprit déjà en fusion faillit produire une éruption. Il se frotta les yeux rouge feu et sortit pour constater l'événement depuis l'extérieur.

En ouvrant la porte, il découvrit Mireille, plantée là, pétrifiée et que le bruit ne fit qu'à peine réagir.

Estéban était furieux, à cause de ce tag, mais aussi à cause de Mireille. Que faisait-elle ici ? De façon absurde, ce qui l'enragea par-dessus-tout, ce fut qu'elle soit là au lieu de Jade.

– C'est toi qui as fait ça ? lui demanda-t-il en colère et en dépit du non-sens de cette question.

Mireille à ce moment leva les yeux vers Estéban comme réveillée soudain, et elle se mit à crier :

– Alors c'est toi ? C'est toi ! C'est toi qui l'as tué ! Comment as-tu pu faire ça ? Ton ami !

Elle s'étrangla dans sa colère, et s'évanouit sur le coup.

Tout se déroula très vite, Estéban par réflexe, se rapprocha d'elle pour l'aider à se relever, mais comme elle était inconsciente, sans tergiverser, il la porta jusqu'à chez lui. Il l'installa sur un fauteuil et s'évertua à la réveiller. Il partit lui chercher un verre de vodka.

Elle ouvrit les yeux, toussa et reprit conscience. Elle fixait Estéban droit dans les yeux, d'un regard des plus noirs.

– Alors c'est toi qui as fait ça ? demanda-t-il.

– Je te pose la même question, c'est toi qui as fait ça ? Comment tu as pu le tuer, hein ?

– Tuer qui ? l'interrogea-t-il perplexe.

– … Ne fais pas l'innocent ! Je te connais, tu sais… Enfin… Je croyais te connaître !

– De quoi parles-tu, à la fin ? Qui aurais-je bien pu tuer ?

Mireille se tut et observa Estéban. Il ne pouvait pas être un assassin. Elle l'aurait découvert bien avant. Enfin, il était vrai qu'il gardait une grande part de mystère. Elle ne connaissait pas son passé. Peut-être venait-il de sortir de prison au moment où il avait ouvert l'Abyssin…

– Jules… finit-elle par déclarer, incapable de réfléchir plus avant et mue par ce besoin de se confier à Estéban, qu'elle avait dû ronger depuis qu'il l'avait rejetée.

– Qu'est-ce que tu racontes ?

– Les lettres sur ta vitrine, pourquoi quelqu'un les a peintes si ce n'est pas toi l'assassin ? demanda-t-elle en guise de réponse.

– Qui ? … Si je le savais ! …

Mireille tenta de jauger la sincérité de son ancien ami. Son affection passée, leur complicité l'engageaient à lui faire confiance. Mais les faits étaient là, quelqu'un l'accusait en grosses lettres à la peinture rouge, c'était sans équivoque.

– Bien, tu vas me dire la vérité à la fin ?

– Je n'en sais rien, je te dis. Et puis c'est quoi cette histoire avec Jules ? Tu as eu des nouvelles ?

Mireille resta bouche bée.

– Quoi ? Pourquoi me regardes-tu comme ça ? Tu crois vraiment que je suis un tueur ?

Estéban se mit à rire, à vrai dire, il était à bout. Tout lui échappait radicalement, et la liste, et ses agresseurs, et ce message sur la vitrine de l'Abyssin, et désormais Mireille.

Il était épuisé.

– Bon, je te propose de parler franchement, au nom de notre soi-disant amitié, tu te souviens ?

– Avec grand plaisir ! Enfin quelque chose de sensé et franc. Je t'écoute, crois-tu que je suis un assassin ?

– Je ne sais pas. Il y a de quoi s'interroger. D'abord, cette énigmatique disparition de Jules, ton agression, comme par hasard, ton passé secret, tes accusations portées contre mon propre époux, ton refus de me voir… Et puis ces lettres sur ton café…

Estéban tentait de remettre de l'ordre dans les propos de Mireille et de leur donner une signification. Visiblement, elle associait tous ces éléments qui à lui paraissaient plutôt distincts pour le moment.

– Et qui aurais-je tué ?

– Jules.

– Jules est à l'autre bout du monde, chez un mécène excentrique, c'est toi qui me l'as dit !

– On m'avait menti. Tout comme toi, d'ailleurs…

– Je ne t'ai pas menti !

– Que faisais-tu avant de t'installer à Lucinges ?

C'était exaspérant. Un interrogatoire ! Estéban s'était levé et faisait les cent pas nerveusement. Mireille lut dans cette réaction comme un aveu, elle ne savait pas trop de quoi, mais quelque chose comme un aveu de culpabilité.

– Certainement pas tuer des gens, en tous cas ! finit-il par répondre en revenant s'asseoir en face d'elle.

– Bon, mais quoi alors ?

– Je ne vois pas ce en quoi remuer le passé pourrait nous aider…

– On a dit « franchement ». Cartes sur tables, trancha-t-elle tout net.

– Je travaillais dans l'humanitaire.

Mireille ouvrit de grands yeux, elle ne s'attendait pas du tout à cette réponse, elle était même prête à entendre que son ami était un criminel repenti ou en cavale, mais qu'il ait pu faire carrière dans l'humanitaire la sidérait complètement, elle ne l'avait pas prévu du tout.

– Et Jules ? C'est quoi cette histoire avec Jules ? demanda-t-il dans l'espace silencieux laissé par Mireille qui n'en revenait toujours pas.

– Jules. Tu ne sais vraiment pas, alors ? demanda-t-elle alors sur un ton radouci par la très crédible candeur que montrait Estéban.

– Savoir quoi ?

– Il est mort. Deux balles…

– Le mort du port de Sciez ? coupa Estéban.

– Oui.

– Ce n'est pas possible !

– Et pourtant si, c'était bien lui. Je l'ai appris par Valentine vers qui les enquêteurs se sont tournés, naturellement…

Estéban mit un temps avant d'assimiler le fait, il n'écoutait déjà plus Mireille qui poursuivait son récit, comme un torrent déverserait les volumes démentiels d'eau à la fonte des neiges, dans la plus totale indifférence générale. Elle s'était bien vite accommodée du renouveau de confiance qu'elle avait décrété pouvoir accorder à son ami.

–Estéban ? Estéban ! dit soudain Mireille qui venait de s'apercevoir qu'il était perdu dans ses pensées et qu'elle monologuait.

– Oui ?

– Écoute, je te propose de ne pas ouvrir aujourd'hui…

Et de masquer la vitrine du café… Qu'en penses-tu ?

Estéban refusa, il tenait à ouvrir l'Abyssin, ces derniers temps avaient déjà été houleux pour les habitués amis du café, il ne souhaitait pas ajouter davantage au dérèglement. Et puis Jade pouvait arriver d'un instant à l'autre. Pourtant, l'inscription en grosses lettres rouges devait être effacée au plus vite, il n'avait certes pas la moindre envie de répondre aux demandes d'explications à ce sujet. Mireille s'offrit alors de trouver le moyen de faire disparaître la peinture pendant qu'Estéban s'occupait de son café. Elle ajouta une condition, il devrait tout lui raconter dès la fermeture en fin de journée. Estéban se résigna à accepter.

Jade ne vint pas ce jour-là, évidemment, il lui fallait le temps du voyage et puis de se retrouver un peu elle-même avant de voir quiconque à son retour de mission.

Mireille avait pris la peine de faire installer une bâche occultant pour masquer les lettres et enrayer la propagation de la rumeur et des interrogations parmi les habitants de Lucinges, puis elle avait recruté un homme pour effectuer le labeur. Une forte odeur de térébenthine donnait ses assauts à chaque fois que quelqu'un ouvrait la porte de l'Abyssin, provoquant un courant d'air, et le café en était imprégné.

Aux questionnements qui surgissaient évidemment, Estéban répondait avec son accent du sud que des gamins avaient tagué sa vitrine pendant la nuit, que ce n'était pas grave, mais qu'ils n'avaient malheureusement pas encore développé leur sens esthétique, et qu'il espérait, enfin, que ces artistes en herbe trouveraient d'autres lieux pour se chercher eux-mêmes.

La conversation s'engageait ensuite autour de Banksy, artiste urbain anti militariste, libertaire, anti système qui entretenait savamment sa légende en préservant secrète son identité. Avec ses coups de maîtres, il était parvenu à affoler le monde de l'art et les médias, ainsi un jour, comme il l'avait programmée, une toile représentant l'un de ses personnages emblématiques, *Girls with balloon*, s'était autodétruite dès l'instant où sa vente avait été adjugée dans une grande maison d'enchères.

Et puis s'ensuivait, autour du comptoir de l'Abyssin, une énumération de jeunes artistes locaux dont les municipalités se payaient les œuvres pour orner les murs, les mêmes qui quelques années plus tôt mettaient à l'amende ces graffeurs pour avoir sauvagement et illégalement « sali l'espace public ».

Cependant, le nettoyage des vitres allait bon train, la main d'œuvre étant sans cesse aiguillonnée par Mireille qui supervisait et déversait son avalanche de remarques, injonctions, et commentaires variés. Si bien que l'homme à la tâche n'avait qu'une hâte, celle de terminer au plus vite afin de ne plus subir le verbiage intempestif de Mireille. En un jour ce fut bouclé.

Estéban termina ainsi sa journée, respirant un souffle de satisfaction en constatant l'efficacité de cet homme. L'affreuse inscription avait totalement disparu, et la vitrine était étincelante.

Restaient Mireille et cette forte odeur de térébenthine qui mettraient un peu plus de temps à disparaître quant à elles. Mais l'absence des lettres peintes en rouge permit à Estéban de juger en comparaison combien l'inscription l'avait heurté.

Mireille s'était assise sur un tabouret haut près du comptoir, elle observait Estéban qui finissait de ranger la salle tout en évitant soigneusement de la regarder. Elle attendait. Il avait promis de tout dire. En maniant les chaises, Estéban réfléchissait à la façon la plus expéditive de narrer le passé, et comme il peinait à trouver une solution, il veillait à trouver la moindre trace de poussière ou autre à essuyer dans chaque recoin de l'Abyssin, gagnant ainsi un peu de temps avant d'affronter Mireille.

Soudain, Estéban laissa tout tomber et sortit en trombe du café, Mireille resta bouche bée dans son sillage.

L'homme aux tempes blanches était en face de l'autre côté de la place, sans doute pour constater la disparition des lettres accusatrices qu'il avait peintes sur la vitrine de l'Abyssin, et signifier qu'il n'allait pas abandonner la partie.

Une fraction de seconde avait suffi à la voiture pour barrer l'accès à Estéban, il heurta le rétroviseur latéral, un choc qui le propulsa au sol tandis que Café Crème s'engouffra furtivement dans le véhicule qui ne s'arrêta pas.

Mireille avait crié depuis le seuil de l'Abyssin en voyant cette voiture foncer sur Estéban. Elle vint l'aider à le relever. Les malfaiteurs étaient déjà loin.

Estéban était un peu sonné, vexé d'avoir une fois de plus échoué, et très en colère contre ces deux types. Son visage était rouge feu, il ne sentait pas la douleur.

L'avantage de ce nouvel affront fut que Mireille n'osa pas exiger son dû en révélations. Elle respecta le besoin éprouvé par Estéban de rester seul et de se reposer.

– Tu es sûr ? Tu ne veux pas que je te conduise aux urgences ? Enfin tout de même ! Sois raisonnable ! Tu as pris un sacré choc sur la tête !

Estéban bredouillait des « non » et des « mercis » avant de prier Mireille de le laisser. Elle brûlait de l'interroger au sujet de ces types, mais elle finit par céder face au visage tuméfié de son ami, et elle partit à contre cœur, tout en exprimant sa grande inquiétude.

Au volant de sa voiture, elle déroula les questions qu'elle avait jusqu'alors retenues de toutes ses forces, à haute voix, comme à son habitude.

– J'ai déjà vu cet homme… Où et quand ? … Que reproche-t-il à Estéban ? Il le prend pour un meurtrier ! C'est quoi cette histoire ? C'est lui qui a fait inscrire « assassin » sur l'Abyssin, aucun doute ! Ah ! Je sais ! Je l'ai vu le soir du vernissage des œuvres de Jules… Enfin soi-disant de Jules… Au café…

Mireille trouva *in extremis* un espace au bord de la route pour stopper sa voiture. La route était verglacée et elle échappa de justesse à une glissade dans le champ.

La fois où elle avait vu ce type, c'était le soir du vernissage, effectivement. Il n'avait pas vraiment participé à la soirée, mais il avait eu une conversation avec Martin. Mireille tentait de préciser ses souvenirs, et elle les vérifia à plusieurs reprises.

Estéban avait-il eu raison de porter des soupçons à l'encontre de Martin ?

N'y tenant plus, elle attrapa son téléphone portable et composa le numéro de son époux. Elle se préparait à poser des questions franches et nettes, espérant obtenir des réponses de la même teneur.

Répondeur.

10

Estéban quant à lui venait de sombrer dans un profond sommeil avant même de prendre un somnifère. Le choc reçu sur la tête jouant son rôle, il s'écroula dans un cauchemar dans lequel Café Crème envoyait ses janissaires interprétés par ses sbires pour assener le coup de grâce, leur indiquant où porter l'assaut final, d'un doigt pointé en direction de la devanture de l'Abyssin érigé en rempart percé. Estéban était Giovani Giustiniani, venu spécialement de Gênes pour commander la défense, mais réduit à observer le massacre annonçant la défaite au travers d'un rideau ensanglanté provenant de sa blessure à la tête. Au sol gisaient des vaincus transpercés, et sans distinguer nettement leur visage, Estéban savait que l'homme de Baaj en était, entouré par trois petites filles de huit, six et cinq ans dont les corps immaculés et inanimés criaient à l'injustice. Il s'éveilla en sursaut au moment où Mehmed II, penché sur lui et armé d'un pinceau rouge l'accusait d'assassinat.

La nuit était glaciale, le ciel épuré et percé d'étoiles nettes révélant le cisellement raffiné de l'immense moucharabieh saisit l'esprit d'Estéban et le lava immédiatement de son cauchemar. Il rentra, fraîchement éveillé, et rassuré de se savoir à Lucinges, non à Constantinople.

Café Crème le prenait pour un meurtrier. Il avait pris soin de lui transmettre la liste, à deux reprises. Il pensait qu'Estéban était responsable de la mort tragique de ces malheureux sur l'Hippolyte. Pourtant, il n'y était vraiment pour rien. Du moins, sa seule faute pourrait être d'avoir constitué cette liste de noms, ce que l'organisation de l'aide humanitaire exigeait alors. La grande question demeurait celle-ci : comment cette liste était-elle sortie des registres confidentiels de l'O.N.G. ? Lui ne l'avait pas fournie, et il avait refusé catégoriquement de la fournir lorsque l'agent des renseignements l'avait approché. Il avait même veillé à renforcer le protocole de sécurité suite à cette requête. Qui ? Un agent ? L'un des réfugiés du camp obnubilé par la vengeance ?

Pourquoi Café Crème tenait-il Estéban pour responsable ? Et comment s'était-il retrouvé en possession de cette liste ? Était-il lié aux renseignements, ou encore à l'une des victimes du bombardement qui avait précisément visé les personnes de cette liste ?

D'un seul coup, Estéban repensa à la deuxième copie qu'on lui avait laissée, celle sur laquelle un point d'interrogation avait été ajouté. Un nom manquait sur ce maudit registre, et à sa connaissance, c'était celui de Romy.

Ainsi, Café Crème était-il convaincu qu'Estéban avait œuvré d'une façon ou d'une autre pour mettre en péril Romy… Restait encore à découvrir où il avait obtenu la liste, et comment il était parvenu à établir un lien avec Estéban.

Avec cette hypothèse, Estéban pouvait éliminer l'idée d'une vengeance manœuvrée par l'un des membres d'une famille de réfugiés décimée par l'attaque de l'Hippolyte, ce qui était plutôt encourageant car cette piste semblait infinie et impossible à suivre, surtout dix ans après le tragique événement.

Mais le revers était que l'hypothèse indiquait que quelqu'un dans son entourage avait su ou deviné son lien avec ce pan de l'histoire, puis que ce même individu avait ensuite renseigné Café Crème. Et puis elle ne donnait aucun indice quant au moyen par lequel il s'était retrouvé en possession de cette liste confidentielle.

Estéban tourna dès lors ses soupçons vers Pierre. Il était le seul à qui Estéban avait dévoilé beaucoup au sujet de son passé, bien que ce fût implicite à chaque fois. Pierre était intelligent, et n'avait pu manquer de lire en filigrane. Mais il éprouva une grande peine à imaginer Pierre dans un costume de traître. Restaient donc Jules et Martin.

Jules avait bien des choses à se reprocher, ou du moins avait-il été compromis dans une ou plusieurs affaires peu recommandables, en témoignaient son imposture auprès de Valentine, d'Estéban et de Mireille, ainsi que la façon dont il était mort.

Ceci-dit, pour sa mort, il avait pu être victime d'une erreur, Estéban était bien placé pour le penser, lui que l'on accusait d'assassinat en grosses lettres tracées à la peinture rouge sur l'Abyssin. « Heureusement que Jade n'a pas vu cette inscription », pensa-t-il.

Estéban avançait immobile sur le tapis roulant de la nuit sévère, d'où il examinait ces bribes d'hypothèses approximatives, comme autant de stations à peine visibles sous un brouillard anthracite mais dont certaines s'éclairaient à mesure qu'il passait devant.

Fatigué, il mit un terme provisoire à ses pensées puis se mit à la fenêtre du salon.

Le jour se levait dehors, pris d'assaut par un soleil explosif qui semblait vouloir exprimer sa rage de vivre. Estéban s'en réjouit même si à cette époque, la pleine clarté a toujours pour complice un froid intense.

Pour une fois, Estéban se sentait plus averti, il était désormais quasiment certain que tout était lié à la mort de Romy, comme si les pics glacials de la nuit l'avaient aiguillonné et poussé vers cette révélation, « mais qui d'Athéna ou d'Apollon avait donc ainsi agi ? », se demanda-t-il en souriant et en s'étirant dans ce jour neuf.

*

Dans le silence clair que l'hiver avait imposé, Estéban distingua des crissements, des bruits de pas sur les cristaux gelés. Il reconnut instantanément le rythme et se précipita vers la porte d'entrée.

Jade n'eut pas le temps de pousser la porte qu'elle s'ouvrit comme par enchantement. Estéban l'accueillit aussi chaleureusement que la retenue le lui permit. Il était si heureux de la voir.

Elle avait minci encore et sa peau était marquée par la fréquentation d'un soleil ardu dont elle portait également le parfum légèrement épicé. À Lucinges à cette période, la pâleur était de mise en attendant que les stations de ski eussent joué les teinturières.

Estéban l'interrogea sur sa mission et sur l'état actuel du pays, son accent du sud s'était invité, mais ce n'était nullement la colère cette fois qui en avait donné l'impulsion.

La population de la République du Sud Soudan souffrait bien évidemment. Avec son histoire où les années de paix, du moins officielles, font office de discrets grains de beauté sur une peau déchirée par des guerres civiles et portant les effluves nauséabondes de pratiques génocidaires. La guerre civile est fort utile puisqu'elle permet de redistribuer les cartes des concessions accordées aux nations étrangères, ainsi que celles des ventes d'armes, ou encore celles des tracés de frontières. Nombreux sont donc les protagonistes qui ont intérêt à entretenir les différends. Dinkas et Nuers n'avaient toujours pas pansé les plaies de leur animosité, plaies sans cesse infectées par des agents extérieurs qui trouvaient là le plus sûr moyen de s'infiltrer puis de prospérer.

Estéban était désolé par le récit sommaire de Jade, rien ne semblait changé autour des sources si convoitées du Nil. Il écoutait attentivement, et la colère se disputait avec les pensées fatalistes.

Au sud, la question du Triangle d'Ilemi n'était toujours pas réglée, loin s'en fallait, lignes rouge ou verte, quelle couleur ensuite ? Qui pouvait, du Kenya, de l'Éthiopie ou du Soudan du Sud revendiquer avec la plus grande légitimité l'administration de ces terres à haute valeur stratégique autrefois arpentées par des nomades ? Au nord, la frontière était toujours autant fluctuante, au gré des tiraillements entre partisans de Khartoum et ceux de Djouba. Le maillage de plus en plus serré des alliances et mésalliances internationales formait un ciel étouffant au-dessus des têtes qui n'aspiraient pourtant qu'à une seule chose, une vie digne et sereine. En attendant, on leur offrait une simili-vie en camps de déplacés, ou bien dans des villages sommaires en reconstruction.

Estéban comprenait parfaitement l'engagement de Jade qui devait lutter ardemment et quotidiennement contre les appels répétés de la résignation, comme il l'avait vécu lui-même dans le passé.

Il avait envie de lui témoigner son admiration et ses encouragements à s'acharner dans le combat contre l'absurde, autant qu'il désirait la prendre dans ses bras en silence, juste pour lui insuffler une forte dose de réconfort. Car Jade dissimulait, sous les mots d'analyse, les chocs à répétition face à l'horreur qui faisaient son quotidien sur le terrain. Estéban n'était pas dupe, il avait vécu maintes fois des situations identiques.

Jade livra un aperçu de la situation qui décidément ressemblait tant à celle du passé, elle répondit aux questions d'Estéban, sans jamais dévoiler ses propres maux, mais à un moment, elle coupa court. C'était sans fin et elle avait vraiment envie de revenir à Lucinges, et de l'entendre parler lui.

Comme elle avait accepté de parler de sa mission, Estéban livra à son tour le récit des événements récents. Mais, bien que tragiques et épineux, ils lui semblaient totalement dérisoires par rapport à la situation de crise humanitaire qui dévorait le pays d'où arrivait Jade.

Elle contrôla son envie de prendre Estéban dans ses bras en silence.

Michel fut le premier client, il poussa la porte de l'Abyssin et ne put empêcher une petite remarque grivoise lorsqu'il aperçut Estéban en la douce mais fort matinale compagnie de Jade. Le commentaire fut accompagné par un clin d'œil, appuyé et souligné par un affaissement de la mâchoire inférieure, envoyé à Estéban.

Outre la rougeur qui teinta aussitôt les pommettes de Jade, Michel ne reçut aucune répartie, Estéban lui demanda ce qu'il venait faire ici à cette heure.

Michel présenta son petit-fils, non sans fierté, comme un digne héritier qui savait reconnaître les valeurs des pays de Savoie. Après des études en commerce, le jeune homme avait décidé de rentrer et de s'installer sur les terres familiales qu'il comptait cultiver dans la tradition. Il avait d'ores et déjà prévu quelques serres sous-lesquelles il réaliserait ses propres semis et boutures, au naturel, bien sûr. Mais en attendant le printemps, Léo cherchait un travail. Avec son ossature fine et ses mains manucurées, Estéban et Jade avaient du mal à identifier chez ce jeune homme une quelconque vocation pour la vie à la campagne, mais, après tout, pourquoi pas ?

Estéban songea que Michel ne se serait certainement pas porté garant de son petit-fils s'il ne lui connaissait pas des valeurs respectables, honnêteté, fiabilité, pour le moins. Il jaugea Léo qui lui fit bonne impression, lui demanda s'il avait une voiture et s'il accepterait de se mettre au service d'une femme qui vivait seule dans son chalet à Chezabois-Dessus, puis, sur les acquiescements du jeune homme, il lui suggéra de prendre contact avec Valentine.

D'autres clients entrèrent, Estéban se mit au travail tout en lançant des regards soutenus à Jade, leur conversation était malheureusement suspendue, il lui proposa de revenir le soir-même, ce qu'elle accepta.

Michel regarda sortir la jeune femme et offrit de nouveau son clin d'œil à Estéban. Léo s'efforçait de sourire pour dissiper son léger malaise, Estéban, comme la première fois, ne releva pas et leur resservit des cafés.

Vers 9h30, il y eut un creux, Estéban en profita pour regagner son appartement et prendre une petite pause. Il s'installa dans son fauteuil, mais avant même de savourer la meilleure position enfin obtenue par de légers mouvements, il se releva. Il était temps de le faire. Il se sentait prêt. Bien sûr, ce n'était pas rien, mais il était temps. Il se dirigea vers la photographie du pommier et décrocha le cadre, très lentement. Machinalement, il passa l'avant-bras dessus comme pour l'épousseter, puis il le déposa avec précaution sur la table du salon. Il partit chercher de quoi l'emballer pour le ranger.

Il revint s'installer sur son fauteuil, ferma les yeux et laissa aller une longue expiration. Lorsqu'il rouvrit les yeux, il se sentit revigoré, souriant, comme au réveil d'un sommeil réparateur. Sa nuit avait pourtant été blanche, et il ne s'était arrêté là sur son fauteuil que quelques secondes.

11

En fin de journée, Jade revint à l'Abyssin, elle trouva Estéban curieusement souriant et comme apaisé, il rangeait les verres sur les étagères derrière le comptoir en écoutant la basse prodigieuse de Marcus Miller. Il interrompit promptement sa tâche en apercevant Jade et traversa la salle pour venir jusqu'à elle. Tout se passa comme si l'un et l'autre avaient été sur le point de s'embrasser mais avaient retenu le geste au dernier instant, n'en laissant qu'une empreinte invisible dans l'air agité d'un tourbillon imaginaire.

Jade était toujours aussi radieuse, avec un petit pincement d'inquiétude, toutefois, pour Estéban qui lui semblait prendre un petit peu trop à la légère les derniers événements qui avaient ponctué son existence. Il avait pris un peu de poids, sans doute était-ce dû à l'absorption de somnifères, et il portait quelques cernes que son sourire atténuait toutefois.

– Je te sers un verre, en attendant que je termine ?

– Avec plaisir, oui, un verre de vin… Ta journée s'est déroulée tranquillement ?

Tels furent les premiers mots échangés, comme lorsque l'on attend une véritable conversation et que l'on a des choses sérieuses à dévoiler.

Marcus Miller se chargea de masquer le silence qui suivit.

Estéban invita Jade à passer du côté de son appartement. Il avait tout fermé et éteint dans le café. Il avait préparé le dîner déjà, dans l'après-midi alors que l'Abyssin était désert. Ils s'installèrent donc tranquillement face à face dans le salon. Jade attendait.

Estéban lui raconta sa mission en Irak, celle qui s'était achevée sur la mort de Romy, en mer sur l'Hippolyte. C'était de là que provenait la liste contenant les cinquante noms. Avec Jade, il n'avait pas besoin d'expliquer les raisons qui l'avaient conduit à constituer ces listes, elle était parfaitement consciente des problématiques du terrain.

– Parmi les noms figurant sur cette liste, poursuivit-il, l'un était celui d'un criminel de guerre. Le genre de renseignement sensible que différents protagonistes s'arracheraient en période de reconstruction du pays. C'est pour ce type d'information que j'avais été approché…

– Mais en tant qu'humanitaire, tu as choisi l'impartialité plutôt que la main de la justice…

Estéban leva les yeux vers Jade, ravi de constater combien elle partageait ses interrogations quant au rôle et aux enjeux d'une intervention humanitaire, puis il répondit :

– Oui. En sachant que l'on n'est jamais impartial… Que chacun de nos actes est un marqueur d'une décision prise, et est susceptible d'avoir une incidence…

– Évidemment…, ajouta Jade qui partageait l'idée. Un médecin doit-il se plier à son serment d'Hippocrate et soigner indifféremment un criminel et sa victime ? Tu as préservé la confidentialité quant à l'identité des réfugiés accueillis dans ce camp, une déontologie qui souffre de son caractère implicite…

Estéban ne songeait même plus au contenu de ses propos, il était profondément enchanté de pouvoir trouver un tel écho en la personne de Jade. Il la regardait intensément, se disant qu'à eux deux ils formeraient une belle équipe pour constituer au moins une ébauche d'un code déontologique de l'humanitaire.

– Bon, et la suite ? demanda-telle à Estéban qui semblait avoir perdu le fil.

– Cette liste est sortie je ne sais comment des registres… Puisque des copies sont arrivées à moi… Dix années plus tard, répondit Estéban un peu distrait par les questions que continuait de soulever cette fichue liste.

– Et les conséquences ?

– Les personnes dont les noms étaient inscrits sur cette liste ont péri en mer… Le bateau sur lequel ils ont embarqué a été bombardé. Estéban continua sans interruption, comme s'il livrait un rapport. Romy avait embarqué avec eux, elle était déterminée à les accompagner jusqu'au bout, elle voulait, pour une fois, achever une mission… Tu comprends ?

– Oui… Je suis désolée…

Jade avait bien saisi la nature de la relation entre Estéban et Romy, elle avait parfaitement compris également le geste de Romy. Combien de fois elle-même avait-elle résisté à cette impulsion ? Il est bien rare de pouvoir constater les effets d'une aide apportée, et le plus souvent, la mission semble totalement vaine et de fait, insensée. Elle reprit et orienta la conversation vers un autre centre d'intérêt :

– Bien. Quelqu'un te tient pour responsable de la mort de Romy, c'est bien cela ?

Estéban hocha la tête en signe d'acquiescement.

– Quelqu'un s'est procuré cette liste, puis l'a conservée, le fait n'est pas banal ! Puis ce quelqu'un a établi le lien avec toi, l'auteur de cette liste maudite. Mais aussi avec Romy dont le nom ne pouvait pas figurer sur le document destiné à recenser les réfugiés.

Estéban ne quittait pas Jade des yeux, il était suspendu à ses paroles.

– Qui avait intérêt à te mettre en cause ?

Estéban était sidéré. Il n'avait jusqu'à présent jamais envisagé les choses sous cet angle-ci. Il s'était évertué à démêler les fils, avait découvert la cause du naufrage mais ne s'était jamais interrogé sur l'intérêt de le mettre lui en accusation. La question de Jade avait pour vertu d'offrir un nouvel éclairage, et pour inconvénient d'ouvrir sur une nouvelle nébuleuse.

Elle était merveilleuse.

*

Mireille avait passé la journée à mettre à sac sa maison, en commençant par le bureau de Martin. Elle lui avait laissé plusieurs messages, auxquels il avait fini par répondre. Il l'avait appelée brièvement prétextant un réseau très capricieux, raison avec laquelle il justifia au passage le fait qu'il n'avait pas répondu aux appels répétés de Mireille. Par ailleurs, il travaillait sur « une mission sensible », il était en République Centrafricaine et donnerait des nouvelles bientôt.

Mensonges, mensonges, mensonges ! Comment avait-elle pu être dupe toutes ces années ? C'est bien pratique, le « secret » !

Mireille hurlait toute seule dans la maison en renversant tout sur son passage. Une véritable furie. Une fois le chaos installé, elle se mit à fouiller dans les affaires. Elle examina tous les papiers qu'elle avait extraits furieusement des tiroirs dans le bureau de Martin. La plupart étaient écrits dans des langues étrangères qu'elle ne parvint pas à déchiffrer. Ce qui alimenta davantage encore, si cela était possible, sa colère monstrueuse.

À un moment, proche de l'épuisement, elle se tint debout au milieu du grand désordre, elle pivota très lentement sur elle-même, balayant du regard les affaires de Martin. C'est ainsi qu'elle aperçut, à peine visible sous d'autres documents, une enveloppe assez volumineuse. Elle avança lentement et se baissa pour la saisir. Le paquet ressemblait fortement à celui que Jules avait apporté à Martin, avant de « disparaître ». Rien ne garantissait bien sûr que ce fût cette enveloppe-ci. Mais Mireille l'ouvrit.

Ce qu'elle découvrit alors provoqua un véritable électrochoc. L'enveloppe serrée contre elle, Mireille courut jusqu'à sa voiture. Elle démarra en trombe.

Seule la neige qui tombait nonchalamment ce soir-là parvint à ralentir sa course et abaisser sa tension. Elle devait porter cette enveloppe jusqu'à son propriétaire, cela nécessitait de se concentrer sur la route. Mireille se calma malgré elle, en même temps que toute sa vie s'écroulait, dévoilant ainsi son armature trompeuse.

Elle mit une bonne heure pour arriver. Une fois sortie de la voiture, sa frénésie reprit ses quartiers, elle tambourina à la porte de l'Abyssin.

Estéban vint lui ouvrir au bout de quelques minutes, et la fit entrer, à contre cœur. Elle venait briser le charme.

Lorsque Mireille vit Jade installée dans le salon, elle demeura une seconde interdite, comprenant immédiatement le caractère très inopportun de son irruption. Mais elle se reprit bien vite, la révélation de ce qu'elle avait découvert dans le bureau de Martin ne souffrait aucun délais.

Elle tendit l'enveloppe à Estéban et scruta sa réaction.

– Je l'ai trouvée dans les affaires de Martin !

Estéban découvrit les feuillets qu'il reconnut instantanément. Son visage s'empourpra soudain.

Jade observait la scène et ne laissa rien paraître de son impatience, elle attendait elle aussi une réaction de la part d'Estéban.

– Qu'est-ce que ... finit-il par bredouiller.

– Je suis certaine que c'est ce que Jules avait apporté à Martin, le jour où je les avais surpris en grande conversation à la maison ! déclara Mireille au bord de l'affolement.

– Qu'est-ce que c'est ? tenta Jade en les regardant tous les deux.

– C'est ma thèse...

Les deux femmes restèrent suspendues à ces quelques mots, attendant la suite.

– Ma thèse sur l'humanitaire, se contenta-t-il de dire, car avant de donner les explications manifestement attendues, il voulait comprendre ce que ses feuillets faisaient chez Martin.

– Ta thèse ? Tu ne m'en as jamais parlé ! Mireille, offusquée, sous les coups répétés des trahisons et tromperies allait éclater sous la pression insoutenable.

– Je vous expliquerai… Plus tard. Pour le moment, peux-tu m'assurer que c'est bien Jules qui l'a donnée à Martin ? demanda Estéban à Mireille d'un ton ferme.

– Oui, je reconnais parfaitement l'enveloppe, celle que Martin souhaitait dissimuler au moment où je suis arrivée près d'eux… Qu'en penses-tu ? Qu'est-ce qu'il y a dans ces documents ? En quoi pourraient-ils intéresser Martin ? Et si… Est-ce que c'était toi qui les avais transmis à Jules ?

– Arrête Mireille ! Stop ! trancha Estéban.

Jade n'intervenait pas mais elle tâchait de comprendre. Elle avait parfaitement deviné le propos de la thèse d'Estéban, les questions humanitaires le travaillaient sans cesse. Elle avisa que s'il avait abandonné le terrain ainsi que sa carrière, il n'était pas sorti indemne de ce milieu, et qu'il tenait son « salut » au recul qu'il avait pris, à l'éloignement autant qu'aux réflexions sur le sujet.

Estéban quant à lui n'avait même pas remarqué cette disparition. Il avait suspendu tout net ses recherches et réflexions depuis le soir où les événements fâcheux avaient débuté, le soir de son agression.

Mireille ne pouvait pas comprendre, il lui manquait trop d'éléments significatifs, et elle était par ailleurs sous les coups redoutables des successives découvertes quant à la réalité de sa propre vie, quant au vrai visage de son entourage le plus proche.

Un silence épais s'instaura entre eux, chacun reclus dans les denses interrogations qu'avait apportées avec elle cette enveloppe contenant les feuillets dérobés à Estéban.

Estéban tentait de se souvenir de la dernière fois qu'il avait travaillé sur sa thèse afin de remonter le fil et de se faire une idée du moment probable du vol, ainsi que de l'auteur potentiel du forfait. Il resta mutique et très concentré, tandis que Mireille se retenait de toutes ses forces pour ne pas déverser un flot ininterrompu d'hypothèses mêlées à des commentaires révélant ses états d'âme, ce flot qui assaillait son esprit en ce moment même. Seul son regard qui sautait frénétiquement d'Estéban à Jade, puis de Jade à Estéban, témoignait de l'intense confusion dans laquelle survenaient ses pensées. Jade examina méthodiquement les éléments portés à sa connaissance, les yeux fixés sur Estéban, comme si elle essayait de percer tous les mystères.

Si bien que dans ce silence, la densité était presque palpable, et Mireille ne tint plus sous la pression massive qui forçait le barrage des paroles qu'elle retenait. Elle se mit donc soudain à dire tout haut ses idées, c'était comme une délivrance. Mais, constatant que sa voix était totalement transparente aux oreilles d'Estéban, elle se tourna vers Jade.

Jade ne l'écoutait pas non plus, elle était tout à fait capable de faire abstraction de ce bavardage intempestif, elle avait forgé cette habitude pour s'épargner certaines conversations futiles, voire truffées de stupidités, question de survie. Sur le moment, elle n'avait en réalité qu'une seule hâte, c'était de retrouver, s'il était possible, le fil de l'instant intimiste vécu avec Estéban avant l'arrivée brusque de Mireille à l'Abyssin.

Certes, elle aussi était plus que soucieuse quant aux tenants et aboutissants de toute cette histoire, mais elle aurait plutôt souhaité le traiter en tête à tête. Cependant, respectueuse de l'amitié, bien qu'effilochée ces derniers temps, qui existait entre Estéban et Mireille, Jade fit semblant d'écouter Mireille.

Mireille souffrait des peines de ses proches, mais, comme une enfant, elle ne comprenait pas pourquoi personne ne cherchait à la consoler, persuadée que sa douleur dépassait bien celle de tous les autres.

Elle aussi était touchée par cette histoire, son propre époux semblait même avoir tenu un rôle proprement machiavélique dans les épreuves que traversaient ses amis. Enfin… *Son* ami, car l'autre ne pouvait plus souffrir désormais : il en était mort !

Soudain, Mireille fondit en larmes, ce qui eut pour effet immédiat de sortir Estéban et Jade de leur réclusion mentale. Une fois l'étonnement passé, Estéban adopta un ton très calme et dit simplement :

– Mireille, tu es fatiguée, tu devrais rentrer te reposer. Merci de m'avoir rapporté ma thèse… Ne t'inquiète pas, je vais m'en occuper. Mais s'il te plait, n'interviens plus.

Il avait prononcé cette requête avec autant de douceur que de fermeté. Pendant ce temps, Jade avait eu un geste amical à l'égard de Mireille, elle avait passé la main sur son épaule, en tapotant légèrement, comme un signe d'attention et de compassion. Étonnée par ce geste, Mireille sourit à Jade, en signe de reconnaissance.

Estéban s'était levé, il attendait visiblement que Mireille fît de même. Dans le flottement, Jade donna l'exemple, alors Mireille l'imita. Estéban la raccompagna jusqu'à la porte de l'Abyssin, puis il poussa un long soupir après avoir refermé à clé derrière elle.

Il revint auprès de Jade. Ils tentèrent tous deux de reprendre la trame d'une conversation, mais la partie était désormais faussée, Estéban était aussi préoccupé qu'un député luxembourgeois faisant le tour du Palais Ducal en attendant le verdict d'une délibération, ignorant les passants, Jade, quant à elle, oscillait également entre présence et absence, il était tard pour examiner ensemble cette histoire du vol de la thèse.

12

C'était un bel hiver, les chutes de neige apaisaient le paysage, composant un univers de lignes courbes, blanches et étincelantes sous le moindre rayon de soleil ou bien de lune. Les reliefs anguleux, naturels ou artificiels, les découpes sophistiquées des buissons et des arbres ou encore des rochers, tout était simplifié et recouvert de ce molleton gourmant. Ce spectacle autrefois saisonnier ne se produisait plus désormais que rarement, les hivers ressemblaient davantage, le plus souvent, à des lavements boueux entre deux tas de neige dure, jaunie et noircie que l'on repoussait au bord des routes, comme un obstacle, ou une infâme contrainte, tandis qu'un peu plus haut, l'on en fabriquait une artificiellement pour panser les pistes de ski qui semblaient écorchées, la terre à vif.

Cet hiver était généreux, les services techniques avaient même baissé les bras devant la tâche insurmontable que représentait le déneigement incessant, si bien que les gens semblaient redécouvrir avec émerveillement tous les mystères de cette saison lorsqu'elle recouvre tout de neige.

Le contact saisissant avec la poudreuse ramena brusquement Estéban à la réalité qu'il avait abandonnée quelques minutes. Un temps court mais combien précieux lorsque, skis aux pieds l'on dévale une pente, suffisant en tous cas pour commettre la faute et perdre l'équilibre. Le rire de Jade qui l'avait vu tomber attira l'attention de Pierre qui s'arrêta à son tour pour regarder la scène se déroulant un peu plus haut. Il se mit à rire aussi, tout comme Estéban qui tentait de s'extirper du piège moelleux et glacé. La chute avait été d'autant plus radicale qu'avant de tomber, il s'était transporté en pensée à Bangui, chaleur extrême, terre, poussière de soleil.

C'était là qu'il avait mené son ultime mission humanitaire. C'était là que Jade s'apprêtait à repartir, car elle avait reçu un nouvel ordre de mission le matin même. Comment lui dire qu'elle ferait mieux de refuser ?

Ce matin, Estéban s'était affolé lorsqu'elle lui avait fait part de ce changement de programme qui l'envoyait en République Centrafricaine. Son premier réflexe avait été de chercher un moyen de lui faire changer d'avis. Mais, quelle légitimité avait-il pour tenter d'influencer sa décision ? Il s'était heurté à cette question cruciale avant même de prononcer quoi que ce fût. Alors, il avait réservé sa parole pour plus tard et invité Jade à vérifier son matériel avant de partir rejoindre Pierre avec qui ils allaient passer la journée sur les pentes enneigées.

Pierre était manifestement très à l'aise, il avait sorti les peaux de phoques dès les premières neiges contrairement à Estéban et Jade, qui faisaient là leur première sortie de l'hiver, et qui avaient dû retrouver leurs repères d'abord. Mais aussitôt l'équilibre et le rythme régulier obtenus, l'esprit d'Estéban s'était tourné spontanément vers la recherche d'un moyen pour empêcher Jade de partir remplir cette mission.

Si bien qu'au moment de sa chute, Estéban passa en une fraction de seconde, tête en premier, des quarante degrés centrafricains vers lesquels ses souvenirs l'avaient emmené, aux valeurs négatives de la neige.

Le rire de Jade le rendait heureux.

Pierre les attendait en aval, et dès qu'ils l'eurent rejoint, il leur proposa de gagner une petite clairière où ils pourraient s'arrêter pour pique-niquer. Estéban était trempé, il envisagea cette halte sous le soleil comme une promesse de bonheur féérique. Leurs rires, le contact prolongé avec la neige, l'altitude et l'effort avaient empourpré leurs joues, et, bonnet sur la tête, ils faisaient figure de bonshommes de neige. Le pique-nique fut aussi réglementaire que savoureux. Estéban avait apporté le vin, Pierre, du fromage et du saucisson, Jade, des pommes et du chocolat. Simple et parfait.

– Si seulement je pouvais faire un stock de cette fraîcheur pour l'emporter à Bangui... dit Jade, les yeux fermés et le visage tourné vers le soleil.

– Tu pars à Bangui ? demanda Pierre. Je ne savais pas...

Puis il ajouta en se tournant vers Estéban :

– C'est bien là-bas que tu étais pour ta dernière mission ?

Estéban fut sidéré.

– Comment tu le sais ? demanda-t-il en s'efforçant de masquer les effets des palpitations soudaines.

– C'est ton ami Jules qui m'avait demandé un jour si tu m'avais déjà parlé de ta dernière mission en République Centrafricaine...

Estéban resta bouche bée. Il n'avait jamais parlé de cette mission à qui que ce fût depuis qu'il était arrivé à Lucinges. Et c'était la première fois que Pierre abordait ouvertement le sujet.

Jade écoutait attentivement l'échange, vivement intéressée, bien sûr, par ce nouvel élément.

– Alors comme ça tu étais à Bangui ? Pourquoi tu ne me l'as pas dit ce matin ? demanda-t-elle simplement à Estéban.

Il demeura interdit un instant en la regardant, prit une grande inspiration puis répondit :

– Je voudrais que tu ne partes pas là-bas…

Interloquée à son tour, Jade hésita, puis répondit en riant pour désamorcer la gravité :

– Il me faudra un peu plus d'arguments si tu veux m'en empêcher !

Pierre resta en retrait, discrètement, tout l'univers semblait comprendre ce qui se jouait entre Jade et Estéban, sauf les deux concernés.

– Laisse-moi le temps de préparer mon argumentaire alors ! répliqua Estéban enfin. Et promets-moi de ne pas partir avant de l'avoir écouté !

– Promis ! dit Jade en souriant.

Les deux étaient submergés par les émotions.

Pierre jugea le moment propice pour suggérer la redescente.

– J'aimerais bien qu'un jour tu me racontes cette mission, tout de même, ajouta-t-il, tu ne m'as jamais dit précisément ce que tu faisais… Même si j'ai pu en deviner des aspects…

– Je vous raconterai, promit Estéban, en adressant un regard à Jade puis à Pierre. Mais place à la descente maintenant !

Et il s'élança dans la pente tel un enfant, droit devant, Jade le suivit en riant de le voir s'amuser ainsi, Pierre leur laissa quelques secondes d'avance avant de les dépasser en les encourageant à accélérer la cadence.

Une fois en bas, revigorés par les embruns de poudreuse qu'ils avaient fait jaillir sous leurs skis tout au long de la descente, ils se donnèrent rendez-vous pour le soir même, chez Estéban pour la traditionnelle fondue.

*

En les attendant à l'Abyssin, Estéban prépara la fondue et son discours dans le même mouvement, en répétant un huit avec la cuiller en bois afin d'obtenir un lien parfait. Il avait promis de leur raconter sa dernière mission, et il s'évertuait à chercher les tournures qui pourraient servir subtilement d'arguments pour dissuader Jade de partir effectuer cette mission. Le mouvement de la cuiller avait un effet hypnotique, Estéban fouillait dans sa mémoire, à la recherche des anecdotes les plus éloquentes, il était hors de question que son discours s'éternise, il devait être efficace. Il ajouta quelques grains de poivre dans sa préparation et songea alors qu'il ne devrait pas oublier au cours de la soirée d'interroger Pierre au sujet de la thèse.

Lorsque Jade arriva, Estéban était quasiment prêt, toutefois, en la voyant, son assurance à ce sujet s'effondra d'un coup. Elle était ravissante.

Pierre était là aussi, la synchronisation était presque parfaite.

Estéban avait juste envie de profiter de cette soirée avec eux, en prolongement de la merveilleuse journée qu'ils avaient passée ensemble. Il décréta que son discours attendrait, et se sentit aussitôt soulagé.

Ils s'installèrent confortablement dans l'ambiance au parfum d'enfance, nourrie par les saveurs de la fondue onctueuse qui n'attendait plus qu'à être dégustée. Ils s'attablèrent aussitôt dans le rayonnement chaleureux, celui qui rappelle aux joues, par contraste saisissant, le froid grisant des pentes enneigées.

– Alors, Estéban, raconte nous… proposa Jade, impatiente d'écouter son récit.

La fondue avait délicieusement rassasié les convives, restait à sceller ce moment d'amitié partagée par quelques confidences.

Estéban ne pouvait plus reculer, cette fois, et comme il se sentait bien avec Jade et Pierre, amorcer le récit fut moins dérangeant qu'il ne l'avait redouté.

– D'accord… Commençons par le début alors. Arriver en Centrafrique, c'est d'abord confronter la réalité avec nos propres bagages, ceux dans lesquels on a entassé des idées, des statistiques, une histoire, au sujet de ce pays. Et déjà, à l'approche de Bangui, par les airs, certaines appréhensions se confirment, j'arrive dans la capitale la plus pauvre du monde. Étrange et paradoxale association des richesses foisonnantes de ce territoire et de l'extrême pauvreté de sa population. Le lieu est verdoyant, recouvert de forêt, et je sais combien le sous-sol regorge d'éléments précieux réservés au reste du monde, diamant, or, uranium. L'aéroport a beau être celui de la capitale, il est rudimentaire, composé de deux salles, l'une de contrôle des passagers, l'autre de réception des bagages, dotée tout de même d'un tapis roulant. Dès la sortie, l'on traverse un marché, c'est-à-dire, une myriade d'étals à même le sol, où des hommes et des femmes vendent quelques biens menus. Tout est rouge, recouvert de cette terre volubile qui macule chaque surface, vêtements, murs et sols.

Estéban s'interrompit, les yeux perdus dans le vague, Jade et Pierre attendaient la suite, sans un mot.

– Quelle était ta mission sur place ? finit par demander Pierre afin de faire revenir Estéban du probable labyrinthe de ses souvenirs.

– Au début, directeur pays pour mon O.N.G. Une fonction que j'ai découverte alors sous tous ses angles, avec des recoins inattendus... Organiser l'aide, définir les projets et priorités, diriger les équipes, recruter, défendre les projets devant différentes instances, bailleurs et politiques, et au milieu de tout cela, répondre à l'urgence... Pas seulement à celle du secours de la population d'ailleurs...

Estéban marqua un nouveau temps de pause, avant de placer cette remarque :

– C'est assez sidérant de prendre la mesure des enjeux politiques depuis cette fonction. Les problèmes ne sont pas que financiers... Bien sûr, il faut pouvoir financer les constructions d'abris, la distribution du nécessaire alimentaire et de survie, de quoi protéger au minimum la population en péril...

– L'écueil se présente lorsque le gouvernement du pays a tendance à se déresponsabiliser en constatant que les O.N.G. pallient ses propres défaillances, n'est-ce pas ? suggéra Pierre qui, sans avoir jamais effectué de mission humanitaire, ne manquait pas de se tenir informé et de méditer sur le sujet.

– *A fortiori* lorsque ce gouvernement est vraiment lui-même en situation d'urgence, reprit Estéban. C'est pour nous assez difficile à concevoir, mais imaginez ce pays, avec des ministères contraints à trouver par eux-mêmes le financement nécessaire à leur fonctionnement…

– Résister alors aux propositions des États et groupes privés qui convoitent avidement les richesses du pays devient sans doute un défi ! dit Jade.

– Voilà, vous avez saisi le genre de problématiques qu'il s'agit de dénouer avant même de pouvoir apporter l'aide aux hommes, femmes et enfants en péril extrême…

– Et la présence de milices, et autres groupes armés étrangers rend la mission encore plus complexe, sans doute, suggéra Pierre.

– Dans la mesure où l'État lui-même n'a pas de force armée, la situation est en effet des plus… Délicates…

Pierre emmagasinait données et réflexions, tandis que Jade, pragmatique, tentait d'apercevoir au milieu de tout cela les raisons qui auraient pu conduire Estéban à sa situation actuelle, il était menacé par quelqu'un, qui ? Et pourquoi ? Bien sûr, le contexte était du genre propice à la corruption, mais elle ne pouvait que croire en l'intégrité d'Estéban. Alors, ses actions sur place avaient dû générer des inimitiés, pour le moins.

– À ton avis, qui as-tu pu déranger au point que dix ans plus tard l'on s'en prenne à toi et à ton entourage ? demanda-t-elle soudain, sans détour.

Estéban la regarda fixement, avec autant de surprise que de fascination, tout en fouillant dans sa mémoire afin de trouver une réponse à cette question effectivement cruciale.

Jade, sous le regard et le silence persistant d'Estéban éprouva un vague malaise qui empourpra ses joues de porcelaine.

– Pardon… Je ne voulais pas être indiscrète…, bredouilla-t-elle.

– Oh non ! Ne t'inquiète pas ! répartit Estéban qui prit conscience de la mauvaise interprétation qu'autorisait sa réaction. Pardon Jade, rassure-toi, je cherchais simplement une réponse à ta très bonne question. Je n'avais pas envisagé cet angle encore…

Après un instant de réflexion, Estéban énuméra les sources potentielles de cette violence déclarée contre lui. Elles étaient nombreuses, étant données les missions qu'il avait remplies sur place, officielles et officieuses, étant donné aussi le maillage inextricable des alliances et mésalliances entre toutes les entités, officielles ou officieuses, agissant dans le pays, souvent pour leur propre intérêt. Estéban fit un effort pour donner un peu d'ordre à cette liste qu'il reprendrait plus tard, seul et à tête reposée, mais qu'il confia telle quelle à Jade et Pierre, visiblement dans l'expectative.

Il avait bousculé un certain nombre de structures et de fonctionnements, à commencer par de fausses organisations non gouvernementales, le Président en personne avait en effet fini par lui accorder sa confiance, et l'avait chargé secrètement de préparer une loi sur les interventions humanitaires dans le pays. Évidemment, plusieurs personnes connaissaient ce mandat secret, et Estéban s'était alors ainsi forgé des inimitiés au sein même du gouvernement, jalousie et vif ressentiment résultant de la nouvelle distribution des cartes ministérielles induite par ce grand « ménage ». Certains ministres se voyant en effet de nouveau responsabilisés, tandis que jusqu'alors ils se reposaient sur des acteurs internationaux, quand d'autres furent forcés de rompre en catimini certains accords peu avouables avec de riches compagnies étrangères. Inimitiés et jalousies furent aussi déclenchées dans les rangs des organisations internationales par ce rôle qui lui avait été confié.

Il s'agissait de définir les interventions vitales pour le pays, et d'évacuer par conséquent tous les éléments parasitaires profitant seulement du circuit humanitaire pour infiltrer le territoire et y installer des activités lucratives. De fausses organisations humanitaires furent démasquées.

Respectant scrupuleusement sa ligne de conduite tout entière tournée vers l'intérêt de la population centrafricaine, Estéban avait aussi vexé ceux qui, instances ou entreprises étatiques, avaient imaginé pouvoir profiter autrement de sa position stratégique pour conquérir des parts de marché.

Un autre berceau potentiel de la vengeance, était le programme de désarmement et de réinsertion proposé par Estéban. Outre quelques oppositions parmi les acteurs politiques locaux méfiants qui soupçonnaient, à tort, de vils intérêts cachés derrière, le plan dérangeait les compagnies qui usaient et abusaient de cette manne afin de protéger leurs concessions.

Estéban ne pensait qu'à la population, piqué chaque jour par de nouvelles tristes découvertes, ici, un groupe vivant caché et reclus dans la forêt depuis la dernière guerre civile, là, un autre exploité, et partout une infâme malnutrition, la peur, la détresse ou la résignation.

Les traits de son visage étaient tendus, Jade et Pierre l'écoutaient attentivement, sidérés par ces éléments, et, sans rien en dire, ils comprenaient tous deux le besoin qu'avait dû éprouver Estéban de changer de vie, de devenir cafetier dans un petit village paisible et perdu dans un bout du monde, où il n'aurait pas à reparler de tout cela.

– Alors, Jade, tu veux toujours partir ? demanda soudain Estéban qui avait besoin de revenir au présent.

– Bon... D'accord, j'avais besoin de meilleurs arguments pour revenir sur ma décision... Il faut avouer que tu n'as pas lésiné ! déclara-t-elle en riant timidement.

Ceci-dit, la promesse de nous réunir chaque semaine autour d'une si bonne fondue après une sortie dans la neige aurait pu suffire ! ajouta-t-elle, décidée à faire ressortir Estéban de la gravité.

Pierre, amusé par la remarque de Jade se mit à rire, Estéban l'imita.

Ils avaient dégusté la fondue dans la cuisine même, comme pour mieux encore s'approcher de cette tradition chaleureuse, pratiquée dans un chalet d'alpage ou dans une ferme, la simplicité ajoutait à la convivialité à laquelle invitait très naturellement ce plat. Estéban, détendu par la séance de rire, proposa à ses invités de passer au salon, tandis qu'il traversa l'appartement pour aller préparer des cafés dans l'Abyssin. Au passage, il en profita pour mettre un peu de musique, il ne voulait pas rester sur la note sérieuse et grave, et il confia les clés de l'ambiance au saxophoniste et compositeur contemporain Vincent Lê Quang.

Estéban retrouva Pierre et Jade confortablement installés, il leur servit le café accompagné bien sûr d'un petit verre de Génépi, une habitude locale à laquelle il avait promptement adhéré, avec plaisir, dès son arrivée à Lucinges.

Il était difficile toutefois de s'abandonner totalement à la nonchalance bienheureuse quand résonnaient encore les mots d'Estéban décrivant la situation de la population centrafricaine.

Pierre proposa de définir la date et le lieu de la prochaine sortie sur les pentes enneigées, la discussion qui s'ensuivit fut plus enjouée, malgré tout. Jade abandonna dès lors ses pensées fourmillantes dans lesquelles les propos d'Estéban se mettaient en perspective de la mission qu'elle s'apprêtait à remplir en République Centrafricaine, puis d'un répertoire des sources probables de la menace que quelqu'un faisait peser sur la tête du patron de l'Abyssin.

Ils se mirent d'accord pour une sortie au Prarion, aux Houches la semaine suivante, non sans avoir évoqué la chute d'Estéban qui les avait fait tant rire plus tôt dans la journée, puis avisant l'heure, Pierre estima qu'il était temps pour lui de rentrer. Jade suivit son mouvement. Il était une heure du matin, déjà, la neige, la fondue, le Génépi, ensemble, sonnaient le moment de se coucher.

Impossible de dormir pour Estéban qui ruminait inlassablement, la fatigue enlisant ses idées dans une bouillie de laquelle émanaient des bribes de souvenirs centrafricains, teintés d'une sourde inquiétude pour Jade qu'il imaginait sur le terrain. Luttant contre l'envie de céder à l'appel du somnifère, c'est exactement au moment où il était sur le point de sombrer dans le sommeil qu'un claquement clair, fort et net, suivi de mille échos rebondissant le galvanisa.

13

Estéban se dirigea d'un bond en direction du café d'où avaient jailli ces bruits stridents. La vitrine de l'Abyssin était déchirée, percée par un objet lourd qu'il distingua au sol, au milieu des bris de verre qui avaient été projetés dans toute la salle. Il avança lentement, chacun de ses pas produisait un crissement insupportable qui accentuait la cadence de son rythme cardiaque totalement déboussolé.

Il aurait dû se douter que la discrétion dont Café Crème et ses sbires avaient fait preuve ces derniers temps présageait un mauvais retour. Car ce fut bien à eux, immédiatement, qu'il imputa ce désastre, sans même réfléchir.

Le projectile était une pierre volumineuse qui n'avait laissé aucune chance de résistance à la baie vitrée du café. C'était mesquin, sans aucune once de finesse. Estéban sortit, il ne sentit aucunement le froid, il avait déjà pénétré l'intérieur et empli l'Abyssin, puis la colère l'anesthésiait. Il scruta les environs, prêt à en découdre avec ces hommes qu'il méprisait au plus haut point. Mais bien sûr, ils avaient déguerpi, c'était pitoyable. Il allait rentrer, étonné d'avoir machinalement refermé la porte du café derrière lui lorsqu'il était sorti, elle était intacte, tandis qu'une ouverture béante dans la vitrine rendait ce geste totalement ridicule.

On avait laissé un mot devant cette porte. Estéban saisit brusquement le papier et lut :

« Si tu veux revoir ta belle plus en vie que Romy, sois au port de Sciez avant le petit jour. »

Il poussa un cri qui sembla plus un grognement féroce. C'était la réponse à ces individus que le règne animal tout entier renierait s'ils s'avisaient de prétendre à une adoption.

Estéban se mit en route sans perdre une seconde, un instant il envisagea d'appeler quelqu'un pour venir surveiller l'Abyssin, totalement ouvert, ou pour barrer sommairement, avec des planches ou même une bâche, la déchirure produite dans la vitrine, mais la situation de Jade ne souffrait absolument aucun délai, c'était déjà insupportable de l'imaginer avec ces êtres ignobles.

Il fonça en direction du port de Sciez, la route était plutôt dégagée, pas de neige, peu de verglas, si bien qu'Estéban ne ménagea pas la vitesse. Il arriva au port vingt minutes plus tard, temps incompressible du trajet qui lui parut interminable. Il laissa sa voiture sur la route, contre la barrière qui protégeait l'espace piétonnier conduisant à la jetée, ou au quai, ou à la plage dans les deux autres directions. Il sortit de la voiture en courant, observant en tous sens à la recherche de Jade, ou au moins d'un signe d'elle.

Son cœur battait fort de colère, de peur aussi, Estéban dut se mettre en arrêt afin de recouvrer le sens de l'ouïe, complètement obstrué par le tambour intérieur. Il écouta les bruits des environs, quelques vaguelettes venaient embrasser la minuscule plage, faisant rouler quelques-uns de ses galets, sur sa droite, quelques coques clapotaient au port, devant lui. Soudain, il perçut d'infimes sons venant de sa gauche, des pas discrets sur les gravillons à moitié gelés. Il appela Jade, et tenta de distinguer quelqu'un dans la pénombre que produisait une haie de buis bordant le chemin, en vain, il avait été le jouet de son imagination, ou bien d'un petit animal osant une sortie nocturne et hivernale.

Estéban tournait sur lui-même tel une tour de contrôle, à l'affut. C'est un sifflement humain provenant du côté de la plage qui l'interpela. Il courut dans cette direction. Une lune puissante produisait un éclairage métallique sur le lac opaque et ses rivages, des arbres effeuillés peinaient à contrer cette lumière incisive. Estéban avait dépassé la plage et devait évoluer désormais sur des rochers à demi immergés qui ralentirent terriblement sa course, il approchait d'une cabane de pêcheur.

Là, il distingua d'abord une barque qui semblait plus ou moins amarrée, ses mouvements légers faisait osciller la lumière lunaire qu'elle ne parvenait pas à renvoyer nettement. En s'approchant, il perçut mieux à l'intérieur ce qui devait être un amoncellement de filets de pêche, insuffisant pour lester, pensa-t-il, tandis que la poupe était visiblement plus immergée. Son cœur s'affolait à l'idée que Jade puisse être prise dans ces rets.

Il releva la tête vers la cabane, devant elle, un ponton vétuste se dressait encore sur pilotis, et c'est là qu'Estéban découvrit Café Crème, de dos. Il était assis sur une chaise en plastique face à la barque soumise à son joug sur le lac.

Il allait lui bondir dessus lorsqu'il fut stoppé net par les deux molosses, les sbires maudits sortis d'il ne sut où.

– Relâchez-la, elle n'a rien à voir avec moi ! hurla Estéban en rage

– Oh si ! Au contraire, elle a tout à voir… Combien vaut sa vie ? répondit Café Crème sans même se retourner.

Estéban ne répondait pas. Il tentait de trouver une solution, il fouilla dans sa mémoire. Avant de partir en mission, il devait suivre systématiquement un entraînement afin de se préparer à diverses situations violentes, prises d'otage, arrestation, rébellion, attaque armée. Mais savoir Jade dans cette barque l'empêchait dc garder la tête froide.

– Que voulez-vous ? finit-il par demander en criant.

Café Crème se leva, paisiblement, et sortit quelque chose de la poche intérieure de sa veste, Estéban ne pouvait que deviner et il déploya une énergie folle pour se libérer, mais les deux sbires, manifestement très bien entraînés, eux, le maîtrisaient sans ciller.

Un coup de feu fut tiré.

Estéban ferma les yeux, par réflexe, mais, redoutant le pire, il les rouvrit aussitôt pour regarder la barque qui perpétuait le mouvement imprimé par l'impact.

– Combien ? demanda encore Café Crème qui tenait la barque en joug. À combien aviez-vous estimé la vie de Romy lorsque vous avez vendu cette foutue liste, au plus offrant sans doute ?

Estéban guettait le moment d'inattention et de relâche des deux molosses qui, c'était physiologique, devraient par moment desserrer leur étreinte. Ils ne pouvaient pas garder la même pression indéfiniment.

– On me l'a volée, cette liste ! cria Estéban.

Café Crème se mit à rire puis il tira de nouveau, dans l'eau cette fois-ci, à dix centimètres à peine de la barque.

Si Jade était bien là, et encore en vie, elle était sans doute droguée.

Est-elle là ? En vie ? S'amuse-t-il ou ne sait-il pas tirer ? Estéban ne pouvait pas se permettre de jouer.

– Notre bureau avait été cambriolé, j'ai encore des documents attestant ce fait !

Café Crème redoubla son rire.

– Comment est-elle parvenue jusqu'à vous ? Vous êtes-vous demandé une fois au moins comment cette liste est arrivée jusqu'à vous ? cria Estéban pour surpasser le volume de ce rire insupportable.

Les deux sbires étaient vifs et forts, impossible de leur échapper.

Estéban sembla déceler une once d'hésitation chez Café Crème qui avait baissé son bras armé.

– Celui qui vous l'a donnée est le véritable responsable !

Café Crème avait cessé de rire.

– Et je suppose que c'est lui qui vous a mis à mes trousses, tout comme Jules ! Et vous savez comment il a fini, Jules ? Oui, vous le savez exactement, même méthode, même endroit ! Deux balles, ici, au port de Sciez ! C'était vous, n'est-ce pas ?

À cet instant, tout s'enchaîna très vite, Café Crème se retourna subitement vers Estéban, tandis qu'un cri fut poussé depuis la barque, Jade se réveillait, engourdie, en panique, trempée, le dos glacée. Estéban se libéra d'un coup et bondit comme un fauve sur Café Crème qui s'était de nouveau retourné vers Jade lorsqu'elle avait crié. Estéban lui arracha son arme et le mit en joug, tandis qu'il tentait de tirer à lui la corde de l'embarcation. Les deux sbires furent tenus à l'écart par un geste de Café Crème dont la tempe souffrait l'impression froide du canon.

– Fais-les partir ! ordonna Estéban.

D'un geste prudent de la main, Café Crème s'exécuta, et les deux reculèrent.

– Plus vite ! cria Estéban en pressant davantage la tempe de son vil ennemi. Je veux entendre la voiture démarrer et partir dans les dix secondes. Puis il amorça le décompte, froidement.

Il attendit que les deux sbires soient assez loin pour relâcher la pression sur Café Crème et s'occuper de Jade qui gémissait. Il avait besoin de ses deux mains, or, tout comme dans ses cauchemars, il en avait une accaparée par l'arme avec laquelle il tenait Café Crème immobile.

Soudain, il poussa Café Crème qui bascula dans le lac puis il jeta l'arme au loin dans l'eau, non sans un grand soulagement, il avait toujours eu horreur de ce genre d'objets, il put alors sortir Jade de ce piège glacial. Le premier coup de feu avait heurté la coque, de l'eau s'était infiltrée lentement à l'intérieur.

Une fois qu'elle fut hors de l'eau, il la serra dans ses bras, la recouvrit de sa veste sans cesser de frictionner ses épaules, son dos, sa tête, puis il appela les secours, un œil gardé sur l'autre qui rampait comme il pouvait, pour sortir de l'eau, les membres tétanisés.

Ils attendirent ainsi, Jade dans les bras d'Estéban qui s'évertuait à lui redonner un peu de chaleur, elle était si pâle, à chaque fois qu'il posait son regard sur ses lèvres bleuies, c'était insoutenable, il ramenait sa tête contre lui, elle grelottait.

L'autre était inerte, étendu sur la plage, les pieds à moitié dans l'eau encore. Dans la pénombre, l'on pouvait distinguer ses mèches blanches qui formaient comme des oreilles abattues d'un cocker.

Les premiers secours arrivèrent enfin, Estéban criait pour les guider le plus vite possible auprès de Jade. Ils évaluèrent promptement la situation tandis que le médecin interrogea sommairement Estéban. Son explication laconique et la fermeté dont il fit preuve ne permit l'expression d'aucun doute : Jade avait légèrement glissé au bord du ponton, laissé tomber son sac à main dans la barque, avait tenté de le récupérer, mais la coque étant percée, elle fut tétanisée par le contact avec l'eau, l'autre, Estéban désigna du menton Café Crème qu'une équipe avait déjà pris en charge, avait plongé pour la sauver. Il restait certes une part d'ombre, concernant sa présence à lui sur les lieux, mais personne ne s'avisa alors de lui poser des questions. L'urgence était ailleurs, il fallait s'occuper des deux victimes. Il serait interrogé un peu plus tard par des gendarmes.

Estéban suivit l'ambulance, il était hors de question de quitter Jade. Ironie du sort, Café Crème était conduit au même endroit qu'elle.

La salle d'attente des urgences dans laquelle il avait passé ce qui restait de la nuit disposait de larges fenêtres donnant sur le parking. Le petit jour qui se levait commença de brûler les yeux d'Estéban qui les ferma. Qui était Café Crème ? Qui l'avait mis à ses trousses ? Telles furent les deux questions répétées en boucle qu'Estéban ne parvint pas à chasser de son esprit.

Il était évident qu'il avait un lien avec Romy et qu'il n'était agité que par une seule idée obsessionnelle, celle de venger sa mort. Suffisamment proche d'elle pour ne plus penser qu'à cela, mais pas assez pour que de son vivant, elle ait parlé de lui avec Estéban. À la seconde question, c'était « Martin » qui s'imposait systématiquement comme réponse. Estéban attendait de savoir Jade en bonne santé physique et morale avant de la laisser pour aller voir Mireille. Il devenait plus qu'impératif d'avoir une discussion avec elle. Qui était son époux ? Et où était-il ?

Son téléphone se mit à s'agiter, la gendarmerie, Michel, et d'autres voisins de l'Abyssin qui découvraient, se dit-il, les dégâts subis par sa devanture et qui s'inquiétaient sûrement de l'absence du patron. Il ne répondit pas tout de suite, il devait réfléchir un peu à la façon dont il allait présenter les choses sans permettre de lien avec Jade, car tel était son principal souci, elle n'avait déjà que trop souffert alors qu'elle n'avait rien à voir avec toute cette histoire.

Estéban rappela Michel.

Michel avait été le premier à découvrir le saccage, il était entré dans le café et avait cherché Estéban. Ne le trouvant pas, il avait immédiatement appelé les gendarmes, puis, d'une efficacité incomparable, il avait sollicité des hommes pour boucher sur le champ l'ouverture béante dans la vitrine de l'Abyssin. Dès leur arrivée, ils s'étaient attelés à la tâche tout en s'opposant fermement aux forces de l'ordre qui tentaient de les en empêcher afin de « préserver intacte la scène de vandalisme ».

Un pugilat général avait suivi, Michel protestant qu'on ne pouvait pas laisser le café ainsi en plein hiver, et hurlant qu'il regrettait bien de les avoir appelés, car c'était bien lui qui avait sonné l'alerte. Les trois agents tentaient de raisonner le savoisien sorti de ses gonds, tout en tâchant de maîtriser les amis bûcherons que Michel avait appelés en renfort et qui ne ménageaient pas leur peine pour réparer provisoirement le café.

« Dans quelle société on vivait pour rester en plan les bras croisés devant un tel carnage en attendant on ne savait quelle autre intervention ! », criait Michel dans le téléphone, mimant ainsi pour Estéban la scène qui s'était déroulée un peu plus tôt. Des agents de police municipale étaient arrivés entre-temps, Michel se laissa embarquer tout en hurlant qu'en Savoie, on n'était pas si lâches, qu'ils étaient tous corrompus et à la botte de Paris.

Estéban mit du temps avant de tout comprendre, le discours de Michel était truffé de blâmes contre les forces de l'ordre corrompues qui ne l'avaient même pas laissé arranger l'Abyssin. Il retint que tandis que les policiers municipaux faisaient barrage face aux amis de Michel prêts à en découdre, les gendarmes l'avaient arrêté mais relâché aussitôt, sans doute incapables de gérer ses cris en même temps que l'affaire de l'Abyssin qu'ils prenaient très au sérieux, contrairement à Michel qu'ils connaissaient par cœur.

Son arrestation avait eu toutefois l'effet escompté puisque les complices de Michel avaient alors stoppé leur ménage dans le café.

– Bon, tu es en vie, c'est déjà ça ! finit par dire Michel, toujours en criant au téléphone. Tu es où ?

– Jade a eu un accident cette nuit, je suis à l'hôpital, j'attends de ses nouvelles.

– Ah ! Grave ? Bon, i'veulent te voir, ces pourris !

Estéban dut faire un effort pour comprendre, il tenait son téléphone loin de l'oreille.

– Hors de question que je quitte Jade ! Tu peux leur dire ! répondit-il avec un fort accent du sud, contaminé par la véhémence de Michel.

– T'as bien raison mon p'tit ! Fais-les attendre, comme ils attendent on ne sait quoi pour réparer ton café ! D'ailleurs, je te laisse, je retourne voir ton café, il faut bien quelqu'un pour surveiller, va savoir, ils seraient bien capables d'aggraver les dégâts encore ! T'en fais pas, tu peux compter sur moi, je vais veiller !

Sur ce, Michel raccrocha.

Estéban resta ainsi un moment, à inventer l'histoire qu'il allait pouvoir raconter lorsqu'on l'interrogerait, ce qui n'allait pas tarder à avoir lieu, que ce soit au sujet de « l'accident » au port de Sciez, ou bien à celui de la vitrine cassée de l'Abyssin.

Estéban avait toujours été très bien accueilli à Lucinges, et dans les environs, tout le monde le connaissait, du moins, en tant que patron de l'Abyssin. Personne ne l'avait jamais interrogé sur son passé, et tout le monde semblait trouver son compte ainsi. Mais avec les événements récents, l'ordre des choses allait peut-être bien être bouleversé, et le mystère sur son passé deviendrait sûrement un levier pour actionner les pires rumeurs à son sujet. D'autant que l'inscription de « Assassin » à la peinture rouge avait déjà éveillé quelques interrogations soupçonneuses, sans aller jusqu'à la méfiance, toutefois. Or, ce deuxième épisode risquait bien de faire basculer les idées des uns et des autres.

Il n'avait rien à se reprocher, mais il savait qu'innocent ou non, lorsque la rumeur se mettait à enfler, ce n'était jamais sans conséquence.

D'autant que « l'accident » de Jade au lac allait sans doute laisser quelques traces de poudre dans son sillage.

Estéban était foncièrement honnête, ce qui, paradoxalement, pouvait paraître suspect dans certaines circonstances. Il savait que la « candeur » qu'il cultivait afin d'instaurer toujours des relations simples et droites pouvait aussi agacer.

Là, dans la salle d'attente, impatient d'avoir des nouvelles de Jade, il estima que la meilleure option pour lui était de dire les choses à sa façon, c'est-à-dire honnêtement. Certes, il avait menti aux secouristes au port de Sciez, pour gagner du temps essentiellement, et pour pouvoir suivre immédiatement l'ambulance qui allait emmener Jade sans être autrement inquiété.

Son téléphone continuait de sonner, il ne répondait pas, estimant qu'il n'y avait aucune autre urgence que celle d'être auprès de Jade.

Enfin, une infirmière vint le chercher dans la salle d'attente, « Monsieur Huis souhaite vous voir », lui dit-elle, « il est sorti d'affaire, un peu éprouvé et il aura besoin de soins encore, mais il va bien ».

Estéban la regardait, bouche bée. Il allait lui demander qui était ce Monsieur Huis, mais il réalisa que c'était certainement de Café Crème qu'il s'agissait.

– Et Jade ? Comment va-t-elle ?

– Elle va bien. Juste…

– Juste quoi ? s'impatienta Estéban.

– Vous pourrez aller la voir dans une heure ou deux, elle va bien.

– Juste quoi ? insista Estéban.

– Écoutez, elle va bien, pour le reste, il faudra attendre la visite des gendarmes. Je pense qu'ils voudront vous entendre également.

– Oui, bien sûr, répondit Estéban rassuré quant à l'état de santé de Jade, seule chose qui lui importait.

– Chambre 7. Au bout de ce couloir à droite, dit l'infirmière qui s'apprêtait à reprendre ailleurs son travail. Monsieur Huis, chambre 7, finit-elle par ajouter en constatant qu'Estéban demeurait immobile.

Puis elle repartit d'un bon pas.

Estéban suivit les indications et arriva auprès de ce Monsieur Huis, ne sachant pas s'il allait parvenir à maîtriser face à lui quelques pulsions de mort. L'autre était sur un lit, guettant la porte de la chambre, attendant, non sans la redouter, l'arrivée d'Estéban. Lorsque ce dernier apparut dans l'encadrement de la porte, il lui dit faiblement :

– Ce n'était pas moi…

Estéban concentrait ses efforts sur le contrôle de sa colère terriblement décuplée à la vue de cet individu qui s'en était pris à Jade.

– Ce n'était pas moi… répéta Café Crème. Jules… Ce n'est pas moi…

Estéban ne savait comment réagir. Il avait furieusement envie de le frapper. Il allait partir, c'était la plus sage option. Alors qu'il avait le dos tourné pour sortir, Café Crème prononça un mot : « Martin ».

Il avait fait mouche, manifestement. Estéban fit demi-tour et referma la porte. Les bras croisés, il attendait la suite sans un mot, sa colère toute présente dans son regard.

– Martin m'a fourni cette liste… Il peinait à parler, Estéban en éprouva une mince satisfaction.

– Romy… Je l'ai aimée… Elle m'a quitté pour vous et…

C'était pathétique. Estéban le regardait méchamment, il le méprisait pour tout ce qu'il avait fait, le surveiller, s'en prendre à l'Abyssin, et pire que tout, à Jade. Il s'approcha lentement de lui.

– Vous étiez prêt à tuer Jade ! Comment avez-vous pu vous laisser manipuler par ce type au point qu'il fasse de vous un assassin ? Le calme et le ton bas employé par Estéban était des plus menaçants, l'autre tentait de reculer mais alité, il se trouvait à sa merci.

– J'ai tellement aimé Romy… tenta-t-il en guise de raison qu'il espérait suffisante aux yeux d'Estéban.

– Ne vous approchez plus jamais de Jade, de moi, de l'Abyssin… De Lucinges même. Disparaissez ! Et racontez exactement tout aux enquêteurs. Je peux vous garantir que dans le cas contraire, vous oublierez jusqu'à la signification du mot « tranquille ».

Café Crème se sentait pitoyable, et il l'était. Oui, il avait été manipulé, oui, il était entré dans une spirale d'actions insensées qu'il aurait été le premier à blâmer normalement. Sans doute avait-il tout de même succombé à la griserie de ce jeu machiavélique, mais se rendre compte combien il en avait été lui-même le jouet le vexait profondément. Ainsi, Café Crème était-il humilié et honteux de ses propres faiblesses. Et là, il n'avait même pas la force de présenter des excuses, ni d'inventer une réparation digne de ce nom qu'il aurait pu proposer à Estéban. Mais à cet instant, il se promit de trouver un moyen de dédommager celui qui n'était pas responsable de la mort de Romy.

Il éprouvait de la peur aussi. Car tout comme Jules, il avait œuvré pour un être vraiment dangereux. Il était certain que c'était Martin qui avait fait exécuter Jules. Était-il le suivant sur la liste ? Il en savait sans doute trop, tout comme Jules. Et dès que Martin aurait vent de cet « accident » de la nuit, c'était certain, ce serait lui la prochaine cible.

Il n'avait pas compris, sur le moment, pourquoi Jules n'était jamais venu au rendez-vous qu'il avait pourtant pris le risque de lui fixer. Contre les ordres stricts de Martin, Jules l'avait en effet appelé prétendant avoir des informations importantes au sujet de leur employeur commun. Martin avait organisé l'agression d'Estéban, le soir du vernissage. Elle devait servir de diversion tandis que Jules fouillait son appartement à la recherche de certains documents. Jules et Monsieur Huis ne devaient jamais entrer en contact. Les consignes étaient strictes. Pourtant, il lui avait fixé ce rendez-vous, puis il avait disparu.

Lorsqu'Estéban avait évoqué la mort de Jules au port de Sciez, tout avait pris sens. On l'avait radicalement empêché de se rendre à ce rendez-vous, il devait en savoir trop, ou bien avait-il laissé entrevoir des signes de trahison. Et, il en était certain, il était donc le suivant sur la liste des cibles à abattre établie par Martin.

Café Crème réalisa combien il avait été dupe, Martin lui avait servi sur un plateau la culpabilité d'Estéban, faisant de lui un ennemi de choix. Martin savait exactement ce qu'il faisait. Il connaissait sa faiblesse, la mort de Romy dont il ne s'était jamais remis. Lorsqu'il lui offrit la possibilité de venger sa mort, il savait pertinemment qu'il obtiendrait de lui ce qu'il voudrait, y compris ce jeu de viles actions auquel il participa activement.

Tout était si clairement faux, pourtant ! Dès le premier contact avec Martin, il aurait dû s'interroger. Comment connaissait-il son lien avec Romy ? Comment avait-il autant d'éléments sur ce passé ? Comment avait-il trouvé la trace d'Estéban ?

Au lieu de cela, il avait foncé tête baissée dans ce piège tendu à Estéban. Jusqu'à s'en prendre à Jade, une innocente qu'il avait cette nuit droguée puis placée dans une barque, prêt à lui faire subir un sort similaire à celui de Romy.

Estéban l'observait, son visage disait la torture intérieure que cet homme commençait de vivre, il eut presque pitié. Presque, car la colère était toujours plus forte, Jade avait failli perdre la vie à cause de cet être, alors, qu'il fût victime de manipulation n'était pas le problème premier d'Estéban.

Tout s'était éclairci d'un seul coup, une fois sorti de la chambre 7, Estéban éprouva une sorte de soulagement. Tous les événements qui s'étaient enchaînés depuis le vernissage à l'Abyssin avaient tissé en lui une tension permanente, de perpétuelles interrogations et suspicions, et une méfiance générale, insidieuse, avait fini par entacher tous ses rapports avec les autres. À l'exception de Jade.

Jade, où pouvait-elle bien être ? Contre les instructions de l'infirmières, Estéban se mit en quête, il entrebâilla chacune des portes du couloir à sa recherche, résolu à ne plus attendre une minute. Il finit par la trouver. Il entra à pas de loup, elle dormait et semblait apaisée. Il tira une chaise, s'installa près d'elle et prit sa main dans la sienne. Il attendit ainsi. Il savoura cet instant d'apaisement, court mais intense.

14

Le soir, Estéban ramena Jade, il avait décidé de l'installer chez lui, de ne pas la laisser seule au moins pendant quelques jours, de veiller sur elle le temps qu'elle se remette parfaitement de ces événements. Elle opposa d'abord qu'elle allait très bien, et, contrairement à sa pâleur excessive, son regard et son sourire paraissaient corroborer le fait. En réalité, elle n'avait pas eu franchement le temps d'avoir peur, elle avait été droguée aussitôt par ses ravisseurs et n'avait absolument rien vécu jusqu'à son réveil, certes cauchemardesque, dans le fond de cette barque sur le lac Léman. Comme elle avait été inconsciente durant toute la scène, elle ne souffrait pas de violent traumatisme psychologique. Elle fut stupéfaite d'apprendre d'Estéban tout ce qu'il s'était réellement passé pendant son sommeil artificiel.

Jade allait bien, elle était solide, mais elle concéda que rester seule après tout cela n'était pas très prudent. Elle n'avait plus rien à craindre du côté de Café Crème, certes, mais sa santé méritait une observation soutenue.

Ce qu'elle ne dit pas, c'est qu'elle était naturellement heureuse à l'idée de passer du temps avec Estéban.

Avant de sortir de l'hôpital, elle avait subi toute une série d'examens, selon la pratique ordinaire en cas de suspicion d'agression, or comme l'on avait détecté de la drogue en elle dès son arrivée, elle avait été considérée comme une victime potentielle, en dépit de la version première donnée par Estéban au port de Sciez. Estéban quant à lui fut interrogé également, car ce qu'il avait dit aux secouristes sur les lieux n'était pas cohérent. Il fut d'abord pris pour l'agresseur potentiel. Et sa présence au chevet de Jade avait sérieusement tendu l'atmosphère, lorsqu'on l'avait trouvé lui tenant la main.

Cependant Café Crème avait tout révélé dans les moindres détails, et Estéban ne cacha rien non plus. Il fut examiné également et les hématomes sur ses bras confirmèrent le récit qu'il avait donné aux deux agents qui l'avaient interrogé.

Les enquêteurs acceptèrent donc provisoirement cette version, non sans sidération. Ils étaient complètement dépassés par cette histoire. Mais les réponses de Monsieur Huis et celles d'Estéban semblaient cohérentes, en outre, elles permettaient d'établir un lien avec le cadavre du port de Sciez, l'affaire n'était pas résolue encore. Et pour cause.

Monsieur Huis avait tout avoué, y compris les attaques de l'Abyssin. Mais cette histoire dépassait, de loin, de très loin tout ce que l'on aurait pu imaginer dans cette campagne chablaisienne si paisible. Il faudrait du temps, beaucoup, avant de consigner et confirmer tous ces faits. Les gendarmes, par ailleurs, ne parvenaient pas bien à comprendre pourquoi cet homme avouait tout si facilement. Il semblait sensé et intelligent, les actions dont il se portait responsable n'entraient que difficilement dans le cadre. On avait du mal à l'imaginer en train de fomenter le tag sauvage de la devanture du café, par exemple, et encore moins passer à l'acte. Pourtant, tout était si cohérent, si ce n'était cette incompatibilité entre les faits et la personnalité de cet individu.

Les gendarmes étaient venus pour éclaircir l'accident de Jade au bord du Lac Léman, ils se retrouvaient avec une somme considérable d'éléments et d'aveux à traiter. Ils sollicitèrent l'aide d'agents plus expérimentés, et en attendant, ils prièrent Monsieur Huis de se tenir à disposition.

*

Il faisait nuit lorsque Jade et Estéban arrivèrent devant l'Abyssin. Ils s'immobilisèrent devant le spectacle et se mirent à éclater de rire. Une bâche manifestement un peu usée masquait toute la vitrine, elle avait été réparée avec des autocollants aux couleurs de la ligue savoisienne. L'Abyssin était ainsi décoré, arborant le drapeau de la Savoie unie et indépendante. Estéban riait en imaginant Michel feintant les autorités, guettant le moment où il pourrait tendre cette bâche, avec des amis, sans doute.

Quant à Jade, elle trouva dans ce phénomène une source inépuisable de boutades au sujet des engagements savoisiens d'Estéban que laissait clairement voir la nouvelle devanture du café.

Lorsqu'ils entrèrent, Estéban remarqua que le café avait été nettoyé, pour le moins, les bris de verre avaient été enlevés, l'œuvre de Michel et de ses acolytes, à n'en pas douter.

Jade était épuisée, la journée d'examens et d'interrogatoire avait été éprouvante, même si tout le monde s'était évertué à la ménager avec force douceur et amabilités.

Estéban l'était aussi, les émotions fortes de la nuit précédente le laissaient tranquille, vidant sa coque intérieure ce faisant, comme du mercure qui aurait d'abord creusé une cavité avant de s'échapper sous sa forme fluide. Il n'avait pas été traité avec autant de bienveillance que Jade, puisqu'il avait d'abord menti et avait été considéré comme suspect dans l'agression présumée de Jade et de Monsieur Huis. Mais heureusement, cela n'avait pas duré longtemps et bien vite l'on avait compris qu'il était également une victime.

Toutefois, demeurait cette fatigue qu'il était presque heureux d'éprouver, de celle qui vous plonge immédiatement dans un sommeil profond, rendant même inutile toute aide médicamenteuse.

Il installa Jade dans sa propre chambre et s'aménagea un couchage rudimentaire dans le salon. Ils ne parlèrent pas, Jade n'opposa pas la moindre protestation au sujet de cette organisation pour la nuit, et ils s'endormirent tous deux.

Le lendemain matin, vers huit heures, Estéban fut réveillé par des bruits qui venaient du café. Il émergea facilement, la nuit avait été réparatrice et combien appréciable.

C'était Michel qui venait vérifier si sa bâche avait bien tenu, si personne n'avait tenté de pénétrer dans le café, bref, si tout allait bien. Il fut surpris de voir Estéban.

Estéban l'invita à entrer et lui offrit un café en même temps que de grands remerciements avant de lui demander un récit complet et détaillé des événements de la veille. Il était drôle, Estéban riait en écoutant ce rapport truculent, ses confrontations avec les gendarmes puis les policiers, le simulacre de son arrestation, le temps passé à épier et à guetter le bon moment pour tendre cette bâche avec les copains.

Il cessa de rire lorsque Michel reprit un ton grave.

– Je pense qu'après tout ça, tu vas me donner des explications ! dit-il en fixant son regard dans les yeux d'Estéban.

Il avait raison, il méritait effectivement d'en savoir plus. « Par où commencer », se demandait Estéban.

– Est-ce que ce sont toujours les mêmes salauds ? Ceux qui avaient couvert ta vitrine de peinture ? Ceux qui t'espionnaient depuis en face ?

– Oui, toujours les mêmes…

– Je vais les choper ! coupa Michel. Je te promets que je vais les choper et qu'ils ne remettront plus jamais les pieds en Savoie, une fois qu'ils auront remis à neuf ton café ! Tu m'entends, à neuf ! D'ailleurs, ajouta-t-il en tournant sur lui-même lentement et en regardant tout autour, si tu veux en profiter pour changer un peu ta déco', t'as qu'à demander !

Estéban se mit de nouveau à rire. Puis il dit :

– Je ne donne pas cher de la tranquillité de ces bougres s'ils tombent entre tes mains ! Viens, on va s'asseoir, proposa-t-il en indiquant une table du menton.

Michel fut bien surpris de cette cérémonie, cela donnait de la gravité. Il suivit Estéban, la curiosité en effervescence.

Estéban commença de lui raconter son passé dans l'humanitaire, Michel le coupa brusquement :

– T'es pas obligé d'me raconter ta vie ! Peu importe ce que tu as fait ou non dans le passé ! Moi ce que je vois, c'est que ces gens se comportent comme des sangliers, et moi, les sangliers…

Estéban coupa Michel à son tour :

– Je ne vais pas te raconter toute ma vie, ne t'inquiète pas, mais tous ces événements qui s'acharnent contre moi viennent de là. D'abord, je ne suis pas un assassin, ni un escroc, je n'ai jamais trempé dans des affaires louches ou inavouables.

Michel fit un geste de la main comme pour évacuer ces idées qui, de toute manière, ne le regardaient pas.

Estéban poursuivit tout de même son récit, de façon très sommaire, car il avait bien compris que la patience et l'attention de Michel avaient une durée extrêmement limitée. Lorsqu'il arriva au récit de l'enlèvement de Jade la nuit précédente, Michel se leva d'un bond, les poings levés et menaçants, et il se mit à crier :

– J't'en ficherai des erreurs ! Trompés ou non, ces bestioles s'en sont pris à toi, à ton café, d'accord, mais à Jade ! Là ils ont plus que dépassé les bornes, pas seulement celles de la Savoie, celles de la France aussi ! J'vais les chop…

Sa faconde vindicative demeura suspendue à l'entrée de Jade dans le café.

Michel se précipita à sa rencontre pour lui demander comment elle se sentait, il tenait à vérifier par lui-même, en dépit de ce que lui avait raconté Estéban pour le rassurer, et pour tenter de calmer sa véhémence.

Jade lui offrit un grand sourire frais et reposé qui aurait suffi à démontrer à n'importe qui qu'elle allait bien, mais pas à Michel. Car il tenait avec cette histoire-là une source miraculeuse d'élans vengeurs qui donnaient légitimité à ses pulsions. Toutefois, face à elle, il ne se permit pas de poursuivre son discours menaçant. Il se calma, rangea cette violence en puissance dans un coin de sa poche et se contenta de placer quelques noms d'oiseaux pour désigner les ravisseurs de Jade.

Estéban était resté assis à les observer, amusé par le comportement de Michel autant que par l'accoutrement de Jade. Elle portait des vêtements qu'elle avait pris dans l'armoire d'Estéban, d'homme par conséquent, beaucoup trop larges et trop longs. Les siens avaient été bien mouillés dans la barque, et n'étaient pas totalement secs lorsqu'elle les avait enfilés pour sortir de l'hôpital. Elle ne souhaitait plus les porter, du reste. En voyant l'air moqueur d'Estéban, elle lui opposa une moue réprobatrice avant de lui demander s'il voulait bien la raccompagner chez elle afin qu'elle puisse trouver des « vêtements dignes de ce nom », comme elle ne manqua pas de lui envoyer.

Estéban demanda à Michel s'il voulait bien tenir le café le temps de son absence, ce dernier, encore subjugué par l'apparition de Jade au beau milieu de son discours accepta sans la moindre réticence.

– Prenez le temps qu'il vous faut, ne put-il s'empêcher d'ajouter en décochant à Estéban l'un de ses clins d'œil appuyés, tandis que Jade était déjà repartie vers l'appartement pour chercher son sac à main.

Estéban gratifia Michel d'une tape sur l'épaule.

Dans la voiture, Estéban proposa à Jade de s'installer chez lui quelques temps, elle ne montra pas à quel point elle en était heureuse, elle répondit par un « oui », simple mais solide, encadré de silence éloquent.

À leur retour à l'Abyssin, Michel ne cacha pas sa joie de les voir tous deux avec un sac de voyage assez volumineux.

– Vous avez fait bien vite ! s'écria-t-il, laissant planer une légère ambiguïté sur l'interprétation à donner.

– Tu as servi du monde ? s'inquiéta Estéban coupant court à ses sous-entendus grivois.

– Les copains, 'sont v'nus voir si la bâche avait tenu…

Estéban était passé derrière le comptoir et avait constaté la présence de verres à pieds, il coupa Michel d'un air moqueur :

– Pas un peu tôt pour le verre de blanc ? Merci en tous cas… Pour tout, ajouta-t-il plus sérieusement.

– Au fait ! s'écria Michel, avec tout ce Bazard, j'ai complètement oublié de te dire ! Léo m'a dit qu'il avait trouvé des machins pour toi dans le studio de Jules.

Estéban mit un temps avant de deviner les liens.

– Il s'est installé à la place de Jules, chez Valentine ! J't'avais pas dit ?

– Non, tu ne m'avais pas dit ! C'est une bonne nouvelle ! Pour elle comme pour lui ! J'irai les voir dès que je trouverai un moment.

Après un temps de silence, Estéban reprit :

– Écoute Michel, je sais que tu en as déjà fait énormément, mais est-ce que tu voudrais bien tenir l'Abyssin encore un peu ce matin ?

– Pas d'problème mon p'tit ! D'autant qu'avec la déco savoisienne, j'me sens un peu chez moi !

– Ah oui ! répondit Estéban en riant, il faudra qu'on en reparle, d'ailleurs !

– Pas d'problème, va donc prendre soin d'la p'tite Jade !

Bien sûr qu'il allait prendre soin d'elle, mais il devait d'abord appeler quelqu'un.

15

La tonalité particulière indiqua à Estéban que Mireille devait se trouver dans un autre pays, en Suisse songea-t-il d'abord, à Genève sans doute, la ville voisine qu'elle avait l'habitude de fréquenter.

Elle décrocha et Estéban comprit dès le premier instant à sa voix qu'elle était extrêmement joyeuse. Lui était furieux, il tenta de se radoucir car il devait vraiment avoir cette conversation sérieuse avec elle.

– Où es-tu ? s'efforça-t-il de demander le plus aimablement possible.

– Tu ne devineras jamais ! répondit-elle, avant de se lancer dans un monologue auquel Estéban n'était plus du tout habitué.

Il la laissa toutefois s'exprimer car, comme il le savait pertinemment, sans filtre, elle dévoilait tout, il n'avait même pas besoin de poser des questions, juste devait-il trier les informations qu'il jugeait importantes.

Il prit donc son mal en patience et finit par apprendre que Martin l'avait installée dans une nouvelle demeure, en Italie, dans les environs de Roccaverano, au beau milieu d'hectares de noisetiers. Il avait procédé à distance, Mireille n'avait pas revu son époux. Il l'avait eue par surprise, lui avait envoyé simplement un chauffeur qui l'avait conduite jusqu'à cette villa somptueuse. Sur place, elle avait trouvé tout ce dont elle avait besoin, vêtements, nourriture, bijoux, liste qu'elle énuméra en détails à Estéban.

Estéban l'interrompit à un moment, la dernière fois qu'il avait vu Mireille, elle était si furieuse contre Martin qu'il ne comprenait pas bien ce retournement de situation. Comment avait-elle pu accepter tout cela de la part de celui qu'elle soupçonnait du pire ?

Martin avait su lui parler, par téléphone, il avait démenti puis avait organisé ce déménagement impromptu. Les charmes de la contrée piémontaise, le faste de la demeure et des présents avec lesquels Mireille avait été accueillie avaient joué en la faveur d'un pardon.

Estéban était médusé. Comment pouvait-elle se laisser duper ainsi ? Après tout ce qu'elle avait vécu, après la mort de Jules, après avoir émis tant de soupçons contre son époux ?

– Tu sais, Estéban, peut-être que si nous avions pu discuter… Si tu m'avais laissée t'aider… Enfin, si nous avions pu rester amis, je ne me serais pas abandonnée à cette situation. Prononça plus calmement Mireille. Le fait est que Martin est resté le seul présent pour moi. Enfin… Présent-absent. Même de loin, il a montré qu'il était là pour moi…

Estéban ne parvenait pas à culpabiliser. Mireille lui faisait horreur. Il prit sur lui pour écouter la suite, scrutant les informations utiles qu'elle ne manquerait pas de donner encore.

Martin avait poussé le vice jusqu'à mettre en relation Mireille avec Livio, un habitant de Roccaverano, un cafetier, le seul du village, du reste.

À ce moment, Estéban comprit combien Martin usait

de son expertise en manipulation avec elle, et il eut pitié pour Mireille.

– Et il t'a mise en relation avec un autre artiste, encore ? demanda Estéban.

Mireille s'arrêta net. Elle comprit elle aussi.

– Écoute Estéban, que voulais-tu que je fasse ? demanda-t-elle d'une voix franche et nette.

– Tu préfères fermer les yeux ? demanda Estéban à son tour.

– Bon, je regrette, mais je crois que nous n'avons plus rien à nous dire, trancha-t-elle.

– Attends ! Pardon Mireille… C'est que… Il continue de s'en prendre à moi… À Jade aussi…

– Tu m'as fait clairement comprendre que je ne devais plus m'occuper de cela… Te souviens-tu Estéban ? Les reproches affleuraient, et ils étaient probablement nombreux et virulents, à la mesure de la déception qu'Estéban avait provoquée en elle.

– Pardon Mireille… Pardon pour tout… Je suis désolé… Je te rappellerai, tu es d'accord ?

– Si tu veux. D'accord. À bientôt alors. Mireille raccrocha sur ces mots, secs et tristes.

Estéban devait réfléchir avant de reprendre une conversation avec elle. Il devait comprendre mieux les stratagèmes de Martin. Furieux d'abord contre Mireille, cet appel l'attrista profondément.

Mireille avait été son amie, elle était clairement manipulée par cet être cynique et dangereux. Devait-il agir pour la sortir de cette situation ? Comment faire ? Elle semblait avoir accepté et même jouer son rôle prévu par Martin à la perfection. Où est Roccaverano ?

Pire, avait-elle joué à l'innocente qui découvre incidemment la tromperie ou faisait-elle partie sciemment du jeu orchestré par Martin ? Dans ce cas, pourquoi aurait-elle fourni des renseignements à Estéban ? Afin qu'il l'épargne si jamais il se mettait à engager une vengeance ou des poursuites ?

La paranoïa recommença son travail de sape, et elle aurait rongé jusqu'aux os d'Estéban si Jade n'avait pas paru devant lui, avec son air subtilement interrogatif.

– Connais-tu Roccaverano ? lui demanda-t-il. Je me demande si je ne préférais pas ta tenue de ce matin… ajouta-t-il sur un ton taquin.

– En homme… Donc… Je crois que tes goûts ne me regardent absolument pas ! rétorqua-t-elle en riant. Non, je ne connais pas Roccaverano… Pas encore, du moins, car c'est bien une façon de m'inviter à visiter, n'est-ce pas ?

– Alors comme ça tu renonces à ta mission ? Bravo !

Estéban s'était un peu laissé entrainer par l'échange de taquineries, il se reprit immédiatement.

– Excuse-moi, Jade, ce n'est pas drôle, je sais.

– Ceci-dit, à ce sujet, sais-tu que tu m'as fourni les meilleurs arguments du monde pour l'accepter, cette mission ? À décrire la situation du pays comme tu l'as fait, la nécessité d'intervenir est flagrante…

– Jade… Prononça Estéban, suppliant et au bord du désespoir.

– Excuse-moi, Estéban, *ce n'est pas drôle, je sais* ! répliqua-t-elle en imitant au mieux Estéban.

Estéban se mit à rire gentiment pour toute réponse, puis il dit :

– Allez, viens, je t'emmène… Ni à Roccaverano, ni à Bangui mais à… Tu verras bien ! Surprise !

16

Ils arrivèrent rapidement devant le chalet de Valentine. Minos fut le premier à les accueillir, il avait répondu promptement au bruit de la voiture qui venait d'arriver. Estéban flatta le guide, lui présenta Jade puis il demanda au chien de les conduire auprès de Valentine. Ce ne fut pas difficile, elle était justement au rez-de-jardin, avec Léo.

Estéban fit les présentations.

– C'est bien que vous soyez venu avec votre compagne, dit Valentine toujours souriante, je suis contente de vous voir, je voulais vous remercier, vous avez tenu votre promesse !

Tout comme lors de leur première rencontre, Estéban éprouva d'abord un léger malaise à l'entendre dire qu'elle était heureuse de le *voir*, mais il se souvint aussitôt de ce qu'elle lui avait expliqué alors, puis un second pincement avec son emploi de l'expression « votre compagne », il en sourit furtivement. Dans le même temps, il observait les réactions de Jade qui ne paraissait quant à elle pas étonnée le moins du monde.

– Ah oui ! J'espère que Léo est efficace ! finit par dire Estéban en accordant à Léo une tape amicale sur l'épaule.

– Oui ! Nous nous entendons très bien ! dit Valentine. Bon, je suppose que vous avez eu le message, n'est-ce pas ?

Jules a laissé quelque chose pour vous. Léo, tu veux bien t'occuper de ça ? En attendant, Jade, venez avec moi, si vous voulez bien, je vous offre un café. Minos ! Allez, viens Minos ! Donne les escaliers !

Le chien guide se plaça sous la main tendue de Valentine avant de la conduire jusqu'à la première marche des escaliers. Là, il s'assit puis leva le museau vers Valentine, attendant qu'elle soit prête à franchir cet obstacle pour reprendre la marche.

Jade les suivirent, épatée par cette relation entre les deux.

Valentine lui expliqua sa rencontre avec Minos après des années d'attente, puis avec son égale bonne humeur, elle lui raconta quelques anecdotes, le chien guide avait été éduqué surtout en espace citadin, or il devait ici s'adapter à la campagne. Valentine s'était retrouvée très souvent totalement désorientée au beau milieu d'un champ, ou dans la cour bordée de haie d'un voisin.

Pendant ce temps, Léo avait conduit Estéban dans l'atelier que Jules avait occupé. Il lui raconta que lorsqu'il avait commencé à visiter les lieux avant d'emménager, il les avait trouvés dans une pagaille sans nom. Quelqu'un était venu pour fouiller sans aucun doute possible. Toutefois, pour lui épargner de la peine, il n'avait rien dit à Valentine qui manifestement demeurait très attachée à cet espace que son défunt mari avait tant arpenté, ainsi qu'à ses œuvres, du reste. Valentine lui avait demandé de regarder ces œuvres, justement, et de les lui décrire. Elle les connaissait et voulait s'assurer que Jules n'avait pas causé trop de dégâts. Avant cette séance avec Valentine, Léo s'était arrangé pour remettre de l'ordre seul, déjà, songeant à lui éviter le désagrément de constater que le sanctuaire avait été profané en quelques sortes.

Les épreuves non signées par l'artiste avaient été regroupées dans un carton, Léo les rangea avec les autres impressions numérotées et signées, reformant ainsi les séries intégrales.

Estéban songeait, tout en écoutant Léo, que les réticences de Jules à l'idée d'exposer « ses » œuvres prenaient sens. Et puis il était extrêmement ému par l'attention dont Léo faisait preuve à l'égard de Valentine. Lui proposer de se mettre à son service avait été une très bonne idée. Au milieu de tous ces effondrements et agressions à répétition, ce phénomène était des plus réconfortants pour Estéban.

Léo poursuivit et tendit une enveloppe à Estéban, il l'avait trouvée cachée dans un carton de gravures.

Estéban la prit en mains, elle était cachetée et portait l'adresse de l'Abyssin. Il l'ouvrit, elle contenait une lettre. Il consulta immédiatement la signature, elle était de Jules.

Le cœur battant, il replaça la lettre dans l'enveloppe, il lirait plus tard, assis.

Léo qui le regardait faire lui tendit une autre enveloppe, plus petite et épaisse, vierge d'inscription mais parfaitement hermétique.

– Ce paquet était placé derrière une pile de livres que, par chance, les fouineurs n'avaient pas déplacée, sans doute déjà épuisé par la somme monumentale de documents dont l'atelier regorgeait, dit-il en tendant le paquet à Estéban.

Estéban l'ouvrit, il contenait une clé USB.

– Merci Léo, dit Estéban en rangeant la clé et la lettre dans ses poches. Tu es bien installé maintenant ?

Comment cela se passe-t-il avec Valentine ?

– C'est top ! répondit le jeune homme. Elle est incroyable cette femme ! On a bien discuté, elle est même ok pour que je puisse faire un bout d'jardin sur son terrain, comme ça, j'pourrais rester avec elle et faire ce que j'avais prévu de faire avant de venir ici !

– C'est toi qui l'emmènes en courses ?

– Oui, elle n'a qu'à demander, j'les emmène, elle et Minos. Vous avez vu ce chien ? Non mais il faut le voir se comporter avec Valentine, c'est trop génial !

– Merci Léo, je dirai à Michel qu'il peut être fier de toi ! Bon, si on allait les rejoindre ?

– Allez-y, moi je vais ranger la cave.

Estéban trouva Jade et Valentine en grande conversation, très amusante, visiblement. Il but un café avec elles.

Ce n'est qu'au moment où Valentine demanda des nouvelles de Mireille qu'Estéban éprouva comme une piqure de fourmi. Il se contenta de dire le minimum, d'ailleurs, il n'en savait pas beaucoup plus. Mireille était partie du jour au lendemain sans prévenir et s'était installée en Italie.

– Oui, elle m'a téléphoné pour me dire « au revoir », dit Valentine.

Estéban absorba cette information qui semblait incongrue dans le tableau qu'il avait dressé un peu plus tôt, juste après avoir eu Mireille au téléphone.

– Elle ne vous avait pas prévenu ? demanda Valentine.

Jade observait les réactions d'Estéban, elle venait d'apprendre ce fait.

– Ah ! Roccaverano… prononça-t-elle, comprenant soudain l'intérêt qu'il avait marqué subitement pour ce lieu en Italie.

– C'est exact, Mireille s'est installée là-bas, coupa Estéban en adressant un sourire complice à Jade en songeant au bref échange qu'ils avaient eu avant de venir chez Valentine. Mais elle y est partie sans me prévenir ! ajouta-t-il pour répondre à la question de Valentine. Mais nous irons peut-être lui rendre visite, proposa-t-il afin de désamorcer le léger malaise que sa réponse avait drainé dans son sillage. Qu'en dis-tu, Jade ?

– Oh ! Mais, oui, très bonne idée ! répondit-elle pour confirmer le jeu d'Estéban.

Jade présentait des signes de fatigue, Estéban suggéra de rentrer. Après de chaleureuses salutations et la promesse faite à Valentine d'une visite future, ils se mirent en route vers Lucinges.

Jade s'endormit presque aussitôt, en dépit des gym cana qu'imposait le tracé de la route pour sortir de chez Valentine. Estéban s'en attendrit, elle semblait apaisée bien que sans doute sous l'épreuve du contre coup de son enlèvement par Café Crème. Elle qui consacrait sa vie à prendre soin des autres, à leur porter secours comme elle le pouvait dans des situations d'urgence humanitaire était pourtant tout aussi vulnérable que n'importe quel être humain. Estéban le savait mieux que quiconque, mais il l'avait oublié, et en regardant Jade, il éprouva cette volonté sans doute vaine de lui épargner la confrontation au mal, ou bien, de l'accompagner dans ses efforts pour porter secours aux autres.

Il estima étrange la façon dont les circonstances peuvent orienter ou colorer les idées, en quittant l'humanitaire, il s'était persuadé de la vanité de toute intervention, étant donnés les galimatias politiques, économiques et diplomatiques des relations internationales et avait préféré opter pour quelque chose de plus assuré et à sa mesure : veiller déjà à se comporter bien avec son entourage, porter le plus haut possible les étendards de la dignité et de l'élégance dans les rapports humains.

Étrange aussi de considérer comment les fluctuations de ces rapports humains, même à petite échelle, peuvent mettre à l'épreuve des principes adoptés comme pis-aller. Estéban songea à Jules, puis à Mireille.

Veiller sur Jade, ainsi se formula la mission qu'il s'assigna dans l'immédiat.

Comme si elle avait deviné ses pensées, Jade dessina un joli sourire dans son sommeil.

Estéban roula lentement afin d'éviter les cahots, elle s'éveilla lorsqu'ils arrivèrent devant l'Abyssin.

– Tu veux vraiment partir en Italie ? demanda-t-elle, la voix tout engourdie de sommeil.

– Pas dans l'immédiat, répondit-il en souriant, pour le moment, il est temps de te mettre au lit plutôt !

Michel passa la tête derrière la bâche, curieux de savoir qui venait de s'arrêter devant le café. Il accueillit Estéban et Jade par l'un de ses clins d'œil et les mains chargées de matériel de bricolage.

– Elle en a vu cette bâche ! Je crois bien que c'est son dernier service !

– Alors, tout s'est bien passé ici ? lui demanda Estéban.

– À merveille… Pas autant que pour toi, je suppose, glissa-t-il à l'oreille d'Estéban.

– Léo est parfait avec Valentine ! Tu peux être fier de lui, répondit Estéban en ignorant ostensiblement les grivoiseries sous-entendues de Michel.

Puis il ajouta qu'il prenait la relève et que Michel pouvait partir, le tout en le remerciant vivement. Michel ne l'aurait jamais avoué, mais il était épuisé et bien content de pouvoir rentrer chez lui.

Une fois Jade installée et rendormie, Estéban se servit un verre de liqueur de café qu'il but tranquillement, la lettre de Jules posée devant lui sur la table basse du salon.

Il allait la lire, mais il attendait que passent les réticences, car il imaginait un contenu pétri d'excuses et d'explications qu'il n'avait pas du tout envie de connaître, Jules l'avait trahi, il avait peut-être d'excellentes raisons pour avoir agi ainsi, Estéban n'était pas prêt pour le pardon. La curiosité pourtant fut plus forte, peut-être l'enveloppe contenait tout autre chose que ce qu'il imaginait. Des informations, sur Martin par exemple ou d'autres, pouvaient avoir été consignées par Jules puis confiées à Estéban. D'après les dires de Café Crème, il semblait sur le point de faire des révélations, pourquoi pas ? Alors même s'il ne pouvait désormais plus accorder aucun crédit aux propos tenus par Jules, il ouvrit l'enveloppe. La lettre était datée du premier novembre.

« Estéban,

Quand tu liras cette lettre, si tu la lis un jour, tu auras probablement déjà entendu des horreurs à mon sujet. Tu auras compris mon identité et mes activités. Tu auras compris que j'endossais un rôle. Je vais être direct. Dans une vie comme la mienne, où vérité et mensonge se confondent en permanence autant que la crête et le creux d'une même vague, ton amitié sincère, simple, authentique m'a permis de comprendre combien je m'étais fourvoyé ces dernières années.

J'ai été dupe de ce faux agent de liaison, « Martin », un manipulateur de la pire espèce. J'imagine que tu m'accordes à cet instant exactement le même caractère. Tu n'as pas tort. Sauf que j'ai toujours cru en la légitimité supérieure de mes missions… Quelle cause mérite plus le titre de « noblesse » ?

Dans cette histoire, c'était toi l'homme vil à surveiller. C'est ainsi qu'il m'avait présenté les choses. Il a parfaitement respecté tous les protocoles auxquels j'ai été entraîné. Je n'avais aucune raison de douter de lui…

Jusqu'à ce que je découvre ses activités véritables, notamment en République Centrafricaine. Tu as redoutablement gêné ses affaires lors de ta mission dans ce pays, au point de devenir l'homme à abattre.

Je me suis engagé à faire demi-tour, à réparer comme je peux, à le dénoncer, à le faire tomber avant qu'il ne s'en prenne à toi une nouvelle fois.

Prends soin de toi, de Valentine, de Mireille et de Jade.

Jules (mon véritable prénom). »

« De Jade ! Comment… ? Comment pouvait-il savoir ? » Estéban remit les événements dans un ordre chronologique, Jade et lui n'étaient pas si proches au moment de la disparition de Jules.

Il se tourna en direction de la porte de la chambre où Jade dormait. « Elle aussi ? » se demanda-t-il. « Elle aussi est impliquée ? ».

Estéban était au bord du précipice de la folie.

17

« Non ! Non ! Au secours ! »

À ses cris, Estéban se précipita dans la chambre. Jade était en nage, assise sur le lit, les cheveux en bataille. Elle venait de faire un cauchemar qu'elle fut incapable de raconter à Estéban, le réveil en sursaut avait rendu tout très confus.

Cette nuit-là, ils ne dormirent ni l'un ni l'autre, ils se levaient tour à tour. À un moment, Estéban ne tenta même plus de s'endormir, il resta dans la cuisine où Jade finit par le rejoindre. Il semblait grave et fermé, ce qui la perturba davantage.

– Toi aussi ? lui demanda-t-il, la voix éraillée.

– Moi aussi quoi ?

– Toi aussi tu vis sous une fausse identité ?

Le rire de Jade fit s'effondrer d'un seul coup tous les soupçons qui avaient commencé de naître dans l'esprit d'Estéban à son sujet.

– Je suis fatigué... prononça Estéban avec une lassitude qui souligna le propos. Il lui tendit la lettre de Jules qu'il tenait toujours entre les mains et qu'il avait relue une bonne vingtaine de fois.

Jade s'en saisit et lut. Son visage s'empourpra dès qu'elle arriva aux derniers mots.

– Comment ? …. Comment « prends soin de Jade » ?

– Voilà toute la question ! dit Estéban sur le même ton de lassitude.

Jade comprit qu'il s'était mis à douter d'elle aussi.

– Non. Non, je ne suis pas un agent double. Non, je ne suis pas là pour te nuire, ou te surveiller, ou que sais-je encore ! Non, je ne suis pas une employée de Martin !

Estéban la regardait s'énerver à mesure qu'elle parlait. Et, en repensant à leur rencontre, il sentait bien qu'elle disait la vérité. Pourtant, il avait tellement été baladé ces derniers temps, y compris par ceux qu'il prenait pour ses proches, qu'un micro doute subsistait.

Las, il céda à la confiance. Il préférait cela, avec elle.

– Je comprends que tous ces bouleversements t'aient rendu plus que méfiant mais… J'ai renoncé à ma mission en République Centrafricaine… Pour…

– Vraiment ? Tu as vraiment dit « non » ?

– Oui.

– Je savais bien que j'avais réussi à te convaincre ! Estéban oublia tout, cette nouvelle était bonne, il ne savait pas pourquoi, ne cherchait pas à savoir, il en était heureux, point.

– Toi ou… Café Crème peut-être…

Jade n'allait tout de même pas lui accorder si facilement la victoire !

– Je suis content. Très…

– Bien. Je peux retourner dormir tranquillement alors !

– Bien sûr ! Tu me diras tout de même ce qui t'a poussée à renoncer à cette mission… Si ce ne sont pas mes arguments !

Jade se contenta d'opposer une moue factice, puis elle regagna la chambre d'Estéban.

Estéban jetait des regards incessants en direction de la boîte de somnifères, mais il décréta qu'il dormirait mieux la prochaine nuit, et qu'il allait profiter de la fin de celle-ci pour lire la clé USB que Léo lui avait remise l'après-midi.

L'ambiance était démesurément silencieuse, sans avoir besoin de vérifier, Estéban percevait la chute de neige qui achevait de calfeutrer le calme nocturne. C'était apaisant. Comme si l'on pouvait percevoir le très subtil atterrissage de chaque flocon.

Ainsi, bercé par ce chuchotement infime produit par la neige, c'est tout à fait serein qu'il ouvrit le seul fichier enregistré sur la clé. Les documents attestaient de propriétés toutes acquises par une O.N.G. « ERCA », Enfance République Centrafricaine. Un nom aussi brumeux que les activités qu'il permettait de mener en toute impunité dans ce pays. Les sceaux laissaient apparaître « Martin Mong », en signature au bas des documents. Les titres de propriété touchaient à des sites hautement lucratifs. Mines de diamants.

Estéban oscillait entre la colère noire et un profond dépit. Ce genre d'activités nuisait globalement aux honnêtes organismes humanitaires, et une fois encore, c'est la population qui en pâtissait.

Lorsqu'il était sur place, il avait tenté de faire ce tri. En vain, visiblement. Alors voilà. C'était ainsi, pour s'enrichir, pour posséder, on piétine, on écrase, on alimente des poudrières, puis on se sert goulument sur les cadavres encore fumants, prétendant venir au secours, usurpant les voies des O.N.G. dignes. Et dans tout ce chaos, d'autres, tentent de sauver la population de la crise humanitaire ainsi déclenchée.

*

Jade ne se rendormit pas elle non plus. Elle avait renoncé à effectuer cette mission en Centrafrique. Pourquoi ? Pourquoi renonce-t-on ? Pourquoi s'engage-t-on ? À quel fil ténu tient ce choix entre deux options radicalement opposées ? Ses convictions n'avaient pas changé. Dire « non », plutôt qu'ignorer. Se révolter face à l'absurde. Se révolter, s'insurger, agir contre. Même lorsque l'on connaît les écueils. Même lorsque l'on sait d'avance l'infinité de la tâche que l'on s'est assignée. Même si l'on connaît l'inanité de l'action face à l'éternel retour du mal.

Une question de sensibilité, celle qui force à l'engagement est-elle aussi celle qui amène à renoncer à un moment ?

Jade avait éprouvé la peur le soir de son enlèvement par Café Crème. Pas la même que celle que l'on surmonte en pleine action sur le terrain, confondue avec une dose d'adrénaline. Une peur plus ancrée, celle qui retient l'action.

Une peur pour sa propre vie. Une peur pour celle d'Estéban. Voilà qui était nouveau pour elle. Jade avait estimé qu'avant de repartir en mission, elle devait faire le point sur ce sentiment nouveau qui la rendait vulnérable.

Sur le terrain, on ne doit pas être vulnérable.

*

Un jour incandescent se mit à jaillir oranger sur la campagne enneigée. Jade et Estéban se retrouvèrent devant la machine à café, dans l'Abyssin, les yeux irrités de n'être pas restés fermés assez longtemps, le cœur battant du bien être de se retrouver tous deux, simplement ici, dans une totale atemporalité.

Des pas énergiques crissant dans la neige fraîche vinrent rompre le charme de ce moment. C'était Pierre.

– Qu'est-il arrivé à ta vitrine ? Tu t'es finalement converti à la Ligue Savoisienne ? demanda-t-il en riant dès son entrée dans le café.

Pierre était étonnant. Il était capable de faire abstraction de tous les événements qui se produisaient autour de lui pendant des jours et des jours, pour peu qu'un sujet épineux retînt sa réflexion.

Amusés par cette attitude de philosophe éthéré, Estéban et jade lui firent un récit assez complet de ce qui leur était arrivé ces derniers jours.

Pierre n'en revenait pas.

– Alors là ! Je dois dire que vous n'avez pas lésiné sur les moyens d'échapper à notre sortie en peaux de phoque !

Estéban et Jade avaient totalement oublié cette sortie. Ils furent à leur tour pris en défaut par Pierre.

En réalité, Pierre venait justement les informer qu'il allait être monopolisé les jours suivants et qu'il ne pourrait s'accorder de sortie. Il avait été sollicité pour établir l'inventaire des ouvrages laissés par Michel Butor afin de réaliser un archivage détaillé.

C'est en effet à Lucinges que l'auteur avait décidé de s'installer dans les années 1990. C'est à Lucinges qu'il revenait entre deux voyages, c'est également là qu'il acheva son existence, laissant un patrimoine culturel inestimable. Si bien qu'au village, il était question d'ouvrir « l'Archipel Butor », composé de sa maison qu'il avait baptisée « à l'écart » et où l'on pourrait visiter son bureau, la bibliothèque et le Manoir des Livres où seraient exposées, entre autres, les œuvres de l'artiste. Avec sa bibliothèque contenant près de trois mille six cents références, Michel Butor avait laissé de quoi alimenter la collection.

Un inventaire minutieux était bien sûr nécessaire avant l'ouverture au public. Et ce fut à Pierre, qui avait rencontré l'auteur à maintes reprises et qui connaissait son œuvre, que l'on proposa cette mission, il accepta bien sûr, excité à l'idée d'entrer plus avant et plus profondément dans l'immense bibliothèque.

L'ouverture au public était programmée pour le printemps, Pierre allait donc se livrer à une immersion absolue dans l'univers de Michel Butor.

Estéban et Jade l'écoutaient, impressionnés par l'énumération d'ouvrages et de documents à répertorier dans laquelle il venait de se lancer, il était intarissable. À un moment, Jade le coupa pour lui demander s'il était bien sûr de vouloir s'acquitter seul de cette mission de si grande ampleur. Alors Pierre s'arrêta et il lui proposa, pour toute réponse, de l'assister.

L'invitation ainsi lancée à la volée récolta, à la grande surprise de Pierre lui-même et d'Estéban, un acquiescement de la part de Jade. Oui, elle voulait bien, elle aussi, participer à cette tâche qui ouvrait le grand livre de la vie de Michel Butor.

– Mais… Tu ne devais pas partir en République Centrafricaine ? demanda Pierre interloqué. Il réalisait qu'il avait dû manquer un certain nombre d'épisodes.

Estéban demeurait tout ouï, comme Pierre.

Jade les regarda tour à tour, vivement amusée par leur expression figée dans l'expectative.

– Non, je ne pars pas. Et je vais donc entrer avec toi dans l'univers de cet illustre, finit-elle par répondre à Pierre.

D'un geste de la main, elle balaya toute velléité d'en savoir davantage sur les motifs de ce revirement quant à sa mission humanitaire et à ce nouveau décret de s'associer à la préservation du patrimoine culturel.

Estéban et Pierre restèrent cois.

– Bien, finit par dire Pierre, qu'en penses-tu ? Tu commences aujourd'hui avec moi ?

– C'est parti ! déclara Jade, fermement engagée.

Estéban l'observa se préparer puis prendre ce nouveau tournant avec un naturel époustouflant. La promptitude avec laquelle Jade avait opéré ce changement semblait inouïe.

Il se retrouva seul au comptoir de l'Abyssin encore tout imprégné du parfum de Jade.

18

Pour contrer le silence laissé par Jade et Pierre, Estéban mit de la musique. Puis, comme aucun client ne se présentait, il se lança dans une visite virtuelle de Roccaverano. Un petit village perché sur un sommet, tout de pierres et situé dans le Piémont, avec son église « Annunziata » édifiée au seizième siècle, sa place toujours protégée par le mur d'enceinte encore debout du « Castello dei Marchesi del Carreto », du treizième, avec sa tour de trente-cinq mètres offrant une vue panoramique sur les vallées alentour. Le village reculé au charme pittoresque attire en son sein de nombreux visiteurs, et retient ses habitants, y compris les plus jeunes. Il faut emprunter des routes de montagne, sinueuses et étroites pour l'atteindre.

Dans les environs, à quelques vallées du village, la cité d'Alba, place internationale du négoce de la truffe blanche.

Estéban fouillait les données touristiques et la cartographie du site lui permit d'entrevoir les atouts majeurs de Roccaverano. Un village reculé mais où les visiteurs étrangers passent tout à fait inaperçus. Un havre, en somme, pour les tractations discrètes.

Il imaginait parfaitement Mireille installée dans cette villa dissimulée derrière les noisetiers, tout à fait à son aise dans la vie florissante à l'italienne qu'elle partageait sans doute avec les habitants du village, réunis par le magasin Zunino, ouvert même le dimanche et l'auberge dont la terrasse occupait la majeure partie de la place « Fratelli Barbero ».

L'arrivée de Léo sortit Estéban de cette visite virtuelle. Il semblait terrorisé.

Estéban l'installa à une table et lui offrit un chocolat chaud avant de l'interroger.

Trois hommes étaient venus le voir juste après le départ de Jade et Estéban, la veille. Ces brutes l'avaient forcé à leur dire ce que le couple était venu chercher ici.

Estéban bouillonnait de colère, il observait Léo avec attention, il ne semblait pas souffrir physiquement, mais il avait peur, visiblement. Les trois hommes avaient dû l'intimider d'une façon ou d'une autre.

– Comment va Valentine ? demanda Estéban avec un fort accent du sud.

– Elle, bien. Ils ne l'ont pas approchée. Bien sûr, elle a entendu des bruits et leurs voix menaçantes, si bien qu'elle a eu le réflexe d'appeler les gendarmes.

– Et toi ? Que t'ont-ils fait ?

– Ils ne m'ont pas touché, mais ils étaient vraiment terrifiants, surtout le troisième qui se tenait un peu en retrait.

Estéban se leva d'un bond, la colère l'animait, il tentait de la contrôler devant Léo qui avait besoin de tout sauf d'un éclat de rage, en cet instant. Il songeait à Café Crème, c'étaient bien là ses méthodes.

– Comment étaient-ils ? Peux-tu me décrire le troisième ? Avait-il les cheveux blancs au niveau des tempes ?

demanda Estéban qui serrait les dents afin de maintenir la colère.

– Non... Il était... On aurait dit cet acteur qui joue l'agent de la Stasi dans le film *La vie des autres* ...

Estéban chercha dans sa mémoire tandis qu'il surveillait Léo qui était d'une pâleur effrayante.

Estéban estima que la première urgence était de s'occuper du jeune homme, il devait le rassurer et avec son questionnement il faisait exactement l'inverse.

– Bon, calme-toi. Ne t'inquiète pas. Tiens, bois ton chocolat.

C'est à ce moment que la porte de l'Abyssin s'ouvrit de nouveau. Estéban allait bondir sauvagement à la gorge de ce visiteur. Tout se passa très vite. L'homme était suivi par deux autres qui venaient d'entrer à leur tour, le troisième était en train de refermer la porte.

– C'est lui ? demanda Estéban à Léo sur un ton massif, taillé dans la rage.

Léo se retourna vers les hommes qui venaient d'entrer et il répondit « non » de la tête.

Estéban sortit pour se rafraichir l'esprit, au passage il bouscula l'un des deux hommes qui se demandaient ce qui se passait. Le premier homme qui était entré essayait de comprendre la situation. Il vit Léo comme recroquevillé sur sa tasse fumante, et Estéban, dehors, furieux.

Estéban finit par rentrer, il lança un regard noir aux trois visiteurs et s'adressa à Café Crème :

– Qu'est-ce que tu veux ?

– Je... Voici Marcel et Sylvain, ils sont à votre disposition pour réparer l'Abyssin. Je... Je règlerai tous les frais...

Estéban se recomposa un visage plus sociable pour saluer les deux hommes.

– Je vous sers quelque chose ? s'efforça-t-il de demander.

Les trois bredouillèrent une commande, timidement, tout en se rapprochant du comptoir comme s'il s'était agi d'une grille de protection derrière laquelle évoluait un fauve puissant.

Estéban était alors gêné par la situation qu'il venait de provoquer. Il força encore son amabilité, tout en surveillant Léo à qui il proposa d'aller se reposer un moment derrière, dans l'appartement. Léo ne se fit pas prier, il se leva et se dirigea vers le salon d'Estéban.

– Alors, je pense qu'on va commencer par la vitrine ! dit Marcel.

– Estéban, vous pouvez demander tous les travaux que vous souhaitez, je me suis engagé à régler tout, ajouta Café Crème le plus amicalement possible.

– D'accord… Je vais y penser… C'est sûr, la vitrine est prioritaire, répondit Estéban.

Les deux hommes sortirent aussitôt pour aller chercher le matériel nécessaire qu'ils avaient laissé dans la camionnette garée sur la place. Voilà qui leur sembla une excuse toute trouvée pour échapper à l'ambiance placée sous haute tension. Pendant leur absence, Café Crème demanda à Estéban s'il avait pu récupérer des documents que Jules aurait laissés.

Estéban planta son regard acéré dans les petits yeux de Café Crème comme pour le sonder. Pouvait-il lui faire confiance ? Certes, Jules avait eu l'intention de se confier à lui… Mais Jules était-il digne de confiance ? Et puis, c'est Café Crème qui avait prétendu que Jules lui avait fixé un rendez-vous… Avant sa disparition… L'atmosphère était chargée de suspicion, de colère réprimée, de souvenirs frais de violence.

Soudain, Estéban partit chercher la clé USB qu'il posa sur le comptoir. Au moment où Café Crème tendit la main pour s'en saisir, Estéban lui attrapa le poignet et le serra de toutes ses forces, puis il lui dit, en piégeant ses yeux dans un regard puissant auquel on n'échappe pas :

– Je ne veux plus jamais entendre parler de cette histoire. Je ne veux plus jamais entendre parler de vous. Je ne veux plus jamais vous voir. Et ne vous avisez pas d'approcher qui que ce soit de mon entourage. Disparaissez ! Tout de suite !

Estéban relâcha subitement la double étreinte, du regard et de la main. Café Crème s'exécuta sans un mot, la clé USB serrée dans le poing, et un très subtil rictus au coin des lèvres.

Mais juste avant de sortir, il se retourna vers Estéban qui ne l'avait pas quitté des yeux ne serait-ce qu'un instant, tel un lion repu surveillant tout de même la proie qu'il laisse partir, graciée par un coup de chance, et il lui dit :

– Estéban… Je comprends votre défiance… Mais je vous assure que je ne suis pas votre ennemi… Enfin, si je l'ai été, je ne le suis plus… Je vais régler cette affaire. En attendant, faites attention à vous… Et à Jade…

Sur ce, il fit un pas à l'extérieur de l'Abyssin, mais il se ravisa, il se tourna une dernière fois vers Estéban puis il ajouta :

– Oubliez tout de cette sombre histoire ! C'est un conseil.

Café Crème s'en alla ainsi. Estéban tenait les poings serrés sur ce brusque revirement de lui seul perceptible.

C'était bien une menace qu'il lui avait lancée. Pas un conseil, une menace.

Lorsque Marcel et Sylvain revinrent, armés de caisses à outils, leur employeur avait disparu.

– Il est parti ?

– Oui…, prononça Estéban en tentant de desserrer ses dents. Je pense qu'il vous a laissé une enveloppe, ou un moyen de le contacter ?

– Oui, tout est prévu. Il nous a déjà versé un bon acompte, et votre signature à la fin des travaux suffira à déclencher le paiement.

– Parfait. Je vous laisse travailler alors, dit Estéban en allant rejoindre Léo. Il essayait de reprendre une attitude normale, ces deux hommes n'étaient pas Café Crème et n'avaient de surcroît pas du tout l'air méchant. Commencez par la vitrine, nous verrons le reste plus tard.

Évidemment, les dernières paroles de Café Crème tournaient comme un rouage d'acier cranté dans son esprit, broyant tout sur leur passage, au rythme de pulsations soutenues. Estéban ne pouvait se sentir totalement libéré de cette histoire, en absolue sécurité, Jade ne pouvait l'être non plus, de fait, ni Mireille. La force de leur amitié passée, sans doute, ressurgit à cet instant, laissant un goût de compassion et d'inquiétude à son égard.

Mais Estéban chassa tout cela d'un seul coup, Léo le ramena à des préoccupations plus urgentes. Il était assis dans un fauteuil, penché en avant, le corps nerveusement tendu.

– Ne t'inquiète pas Léo, lui dit Estéban en s'approchant de lui. Je pense que ces hommes cherchaient la clé USB que tu m'avais donnée. Nous en sommes débarrassés maintenant. Alors plus d'inquiétude, hein ! Il n'y a aucune raison pour qu'ils reviennent !

– Sûr ? … Et s'il y avait autre chose encore ? … demanda Léo d'une voix tremblotante au bout des lèvres.

– Je ne peux pas te le promettre… C'est vrai… Mais s'ils s'en prennent à quelqu'un, cette fois, ce devrait être à celui qui vient juste de quitter le café…

– Ok… finit par accorder Léo. Mais ne dis rien à Michel, s'il te plaît, ce n'est pas la peine de l'inquiéter pour rien… Et puis, il serait capable de retourner toute la région pour connaître le fin mot de l'histoire ! Tu le connais, « un savoisien, ah ça non ! Il ne se laissera pas faire, sur ses terres en plus ! ».

Son imitation de Michel, en forçant sur l'accent du Chablais extirpa un sourire franc du visage d'Estéban.

– Très bien, comme tu veux… C'est vrai qu'il serait capable de causer pas mal de dégâts pour retrouver ces trois hommes ! Tu devrais retourner auprès de Valentine, maintenant, si tu te sens mieux… Veux-tu que je te raccompagne ?

– Non, merci, ça va aller !

Léo semblait avoir repris une bonne dose d'assurance en même temps que quelques couleurs, suffisamment en tous cas pour dissiper l'inquiétude d'Estéban, si ce n'était sa colère contre tous ces gens qui usent de la brutalité pour parvenir à leurs fins, et dont Café Crème représentait la tête cristallisée.

19

Trois mois s'étaient écoulés sur le sentiment d'avoir été absorbé par un gouffre temporel, tout était en effet devenu si calme autour d'Estéban, et après avoir passé un hiver des plus houleux, il éprouvait ce genre d'illusion étrange, comme s'il n'existait plus dans la même réalité que celle où tout est agité en permanence et qui génère une inquiétude perpétuelle.

L'Abyssin avait fière allure, les ouvriers mandatés par Café Crème avaient œuvré pour donner un nouvel éclat au lieu baigné par la lumière et la douceur printanières. Chaque jeudi soir, les membres de l'association pour les réfugiés se réunissaient là, à l'initiative de Jade et d'Estéban qui s'étaient engagés ainsi.

Le travail d'archive dans la maison Butor touchait à sa fin, Pierre et Jade portaient irrémédiablement les marques de leur labeur passionné, le visage pâle et les yeux cernés racontaient le temps qu'ils n'avaient pas compté à trier, répertorier, examiner les précieux documents en tous genres que l'écrivain avait laissés à la postérité.

Ce soir, les membres de l'association commençaient à arriver, Mohammed les accueillait au fur et à mesure dans le café tandis qu'Estéban installait les tables et chaises pour la réunion.

Le jeune homme offrait un sourire généreux aux arrivants, il se sentait en parfaite sécurité avec ceux qui l'avaient aidé à s'inscrire dans une école pour apprendre le service en alternance, tout comme avec Estéban qui l'avait alors tout naturellement recruté comme apprenti à l'Abyssin.

Mohammed, dix-neuf ans, réfugié. Ceux qui avaient fait le voyage d'exil avec lui n'avaient pas tous eu la même chance, soixante-sept avaient péri en mer. Sous ses yeux. Sous ses yeux qui avaient déjà malheureusement vu bien des horreurs. Il avait quitté la Guinée à dix-sept ans, laissant derrière lui ce sol sur lequel un sort atroce avait été réservé à sa mère et à son frère jumeau.

Il ne parlait pas beaucoup. Ses silences disaient son mal. Son sourire dissimulait très mal sa timidité.

Ce soir, il faudrait parler de lui, de son « cas », car depuis deux semaines, la menace d'une « O.Q.T. » pesait sur sa tête. Obligation de quitter le territoire. Tandis que son dossier n'avait pas encore été examiné par les services de l'administration. Acronyme cinglant. Pour un lendemain sanglant.

Estéban refusait de se plier à la loi qui exigeait de ne plus employer Mohammed, dès lors que l'O.Q.T. planait tel un vautour. Il avait longuement rechigné à lui dire la vérité, par ailleurs. Comment dit-on à un jeune homme plein de vie, d'entrain, d'espoir nouveau, que l'on ne peut plus l'employer car il est sur le point d'être renvoyé dans son pays… Celui qui est devenu synonyme de mort ? « Mais il a le droit de savoir, tout de même ! C'est lui le premier concerné, enfin ! ».

Oui, Estéban entendait bien, certes, mais il n'empêche, comment dit-on cela à un jeune homme à qui l'on vient de tendre la main ?

Estéban avait fini par céder, il le lui avait annoncé lui-même, tout en l'assurant qu'il ne le renverrait pas pour autant et qu'il pourrait continuer son apprentissage à l'Abyssin.

Comment avancer sereinement lorsque l'on vous menace d'expulsion ?

Mohammed continuait, porté uniquement par la confiance en la ferme décision d'Estéban. Estéban le savait, il redoutait plus que tout de ne pouvoir tenir sa promesse jusqu'au bout. Fallait-il cacher Mohammed jusqu'à la levée de l'O.Q.T. ou bien le persévérer en le maintenant dans une activité au grand jour, dignement ?

Michel, qui avait d'abord été un peu réticent face à l'accueil d'un réfugié, s'était finalement rallié à la cause, puisqu'elle s'opposait farouchement à une loi émanant des autorités françaises. « Un savoyard ne recule pas pour aider son prochain ! Laisser un jeune à son sort funeste, pas question ! », avait-il alors proclamé haut et fort lorsqu'Estéban avait fait état de la situation de Mohammed.

« On pouvait compter sur lui, qu'il ne soit pas dit qu'en terre de Savoie, on expulse un jeune en péril ! », il avait même proposé de le cacher chez lui.

Lors d'une réunion de l'association, il avait été décidé que Mohammed resterait en activité à l'Abyssin, Estéban en prenait la responsabilité, et le principal intéressé avait estimé préférable de continuer ainsi plutôt que de se confiner dans une nouvelle clandestinité. Le jeune homme que la vie n'avait déjà que trop brutalisé ne pouvait cacher sa peur, toutefois. Et encore une fois, il s'en remettait à la force d'Estéban.

Estéban aurait sans aucun doute vacillé face à cette responsabilité si Jade n'avait pas été à ses côtés. Les événements de l'hiver, les développements aussi inattendus que détestables de sa dernière mission humanitaire, la mise en péril de ses proches, tout cela avait mené Estéban aux doutes les plus profonds, et en absolue contradiction avec son élan spontané pour porter secours aux réfugiés.

Mais Jade était forte, et ce n'était pas le souvenir du port de Sciez, pourtant toujours cuisant, qui allait l'empêcher de s'engager résolument.

Ainsi, de nouvelles habitudes s'étaient établies, Jade était installée, Mohammed prenait d'une façon très naturelle son service à l'Abyssin, et les membres de l'association se réunissaient chaque jeudi soir. Les clients jouaient leur rôle, allant et venant, paisiblement. Bien sûr, les souvenirs des événements de l'hiver avaient comme fondu au soleil, comme les dernières neiges. On avait juste envie de partager un bout de cette douceur de vivre avec ces jeunes réfugiés, un peu perdu, et le cœur à demi amputé par la peur.

Estéban participait activement aux réunions tandis que Mohammed assurait le service des autres clients, souvent curieux de ce qui se tramait dans cette association. Toutefois, il avait catégoriquement refusé d'entrer dans le bureau, et surtout, il s'était farouchement opposé à ce qu'une liste soit dressée des réfugiés, de tous les « cas » à traiter. Il n'y aurait aucune liste, juste des « dossiers » successivement traités, puisqu'il fallait bien entrer dans les rouages administratifs pour lutter contre l'injustice de la plupart des situations dans lesquelles ces jeunes étaient pétris. Les autres membres de l'association avaient cédé sur ce point, certains qu'il s'agissait d'une condition *sine qua none* et sachant par ailleurs que les compétences d'Estéban seraient des plus utiles à leur cause. Aucune liste, donc, pour autant, l'association avançait. Il fallait agir sur tous les fronts, administratif, juridique, mais aussi logistique, et par-dessus tout, humain.

Valentine participait activement elle aussi, Léo l'accompagnait jusqu'à l'Abyssin chaque jeudi, elle organisait des séances d'aide à l'apprentissage du français, l'un des premiers caps à franchir pour ces jeunes réfugiés, déracinés et propulsés soudain dans un univers inconnu d'eux.

Ce soir-là, elle arriva avec Léo et une troisième personne.

Estéban fronça les sourcils et tout se passa comme si un vent tempétueux était entré pour soulever d'un coup le voile de paix dans lequel l'Abyssin se lovait, comme si soudain une armature défensive l'avait recouvert de la tête aux pieds. C'était Mireille.

Il se reprit et salua chaleureusement Valentine, puis Mireille et lui se retrouvèrent dans un face à face assez pénible, aucun d'eux ne semblant savoir quelle attitude adopter. Mireille finit par se jeter dans les bras d'Estéban. Et sans attendre, elle se lança dans un discours abondant, faisant fi des autres personnes qui étaient là. Sa coutumière façon de monologuer s'était épaissie d'une gestuelle à l'italienne et elle parlait d'une voix plus forte encore qu'avant son départ pour Roccaverano.

Estéban se tourna vers les membres de l'association qui l'attendaient et qui, comme lui, ne savaient comment interrompre Mireille.

Au moins, tout le monde fut averti d'une seule voix des derniers événements :

On venait de repêcher le corps de Martin, Mireille se

retrouvait veuve et désespérée, c'était absolument atroce, il avait été abattu avec deux balles, et puis on l'avait jeté à l'eau, à la mer. Des pêcheurs l'avaient découvert au large de Savone.

Mireille mettait une sorte d'accent italien, la scène prenait la tournure d'une tragédie spectaculairement interprétée avec des effets extravagants, elle était Andromaque face à l'épreuve de la mort de son époux héroïque, dans une mise en scène façon Pasolini.

Estéban la conduisit physiquement vers l'appartement où il la fit s'asseoir dans le salon, elle continuait son jeu, il lui servit un verre de vodka rempli à ras bord puis d'une voix forte lui dit :

« Reste ici, je reviendrai lorsque j'aurai terminé ».

Elle poursuivit seule, ce qui amusa les personnes présentes à l'Abyssin qui avaient suivi tout le déroulé de la scène exubérante et tragique.

La réunion de l'association n'apporta aucune bonne nouvelle, c'était le *statu quo* pour Mohammed qui écoutait d'une oreille debout derrière le comptoir et qui tournait des yeux désespérés vers Estéban. La question était revenue avec la détresse : fallait-il déclencher le plan « clandestinité » ? Estéban s'adressa directement à Mohammed à qui il avait fait signe de s'approcher, cela méritait plus de discrétion :

– Qu'en penses-tu Mohammed ? Préfères-tu continuer comme ça…

Estéban avait beaucoup de mal à prononcer les mots « sous la menace directe d'une expulsion ».

– Ou… voudrais-tu…

Il baissa totalement la voix pour laisser ces mots « te cacher » en un murmure presque éteint.

Les autres observaient la scène en silence, ils étaient tous suspendus à la décision de Mohammed, une décision bien trop grande pour lui, comme un costume trop mal taillé et tirant un effet éminemment tragique de son grotesque.

– Je ne sais pas... balbutia Mohammed qui forçait tant un sourire qu'on aurait pu croire à une déchirure au bas de son visage.

Estéban se leva et conduisit Mohammed dans l'appartement. Il avait complètement oublié Mireille à qui il demanda de bien vouloir regagner le café un moment.

Estéban réaffirma sa décision de laisser Mohammed servir à l'Abyssin, il respecterait aussi sa décision de basculer dans la clandestinité et l'aiderait à se cacher, même. Mais ses propos avaient beau être rassurants, Mohammed ne parvenait pas à choisir... C'était décidément beaucoup trop pour lui.

Estéban lui proposa de rester là, tranquillement et d'attendre Jade, peut-être saurait-elle l'aider à faire ce choix.

Comment pouvait-on placer un gamin face à un tel dilemme ? C'était proprement inhumain. Estéban faisait tout ce qu'il pouvait mais ce qu'il avait à lui offrir était bien désespérant.

– Je vais réfléchir, dit Mohammed, conscient que ce disant, il portait secours à Estéban qui semblait pris comme en des sables mouvants.

C'était surréaliste.

Estéban, sans un mot retourna auprès des autres membres de l'association, totalement abattu.

Mireille qui guettait avidement son retour avait failli s'élancer dans la suite de son monologue mais l'attitude d'Estéban l'en dissuada tout net. Elle se tut et s'installa discrètement à une table dans un coin.

Lorsque Jade entra elle fut prise à la gorge par cette atmosphère moribonde qui avait imprégné les lieux, elle interrogea promptement tout le monde du regard, essayant de décrypter la situation. Elle s'approcha d'Estéban qui tenait sa tête entre les mains. Il se tourna vers elle et ne put prononcer que « Mohammed » en indiquant l'appartement d'un signe de la main.

Jade se précipita, elle traversa d'un bond le café et se retrouva dans le salon.

– Mohammed ? Tu es là ? Mohammed ?

Tout se bouscula, les autres avaient entendu les appels de Jade, ils arrivèrent tous à sa rencontre.

Mohammed avait disparu.

Spontanément, ils se mirent tous à le chercher aux alentours, en l'appelant, le plus discrètement possible toutefois, car il ne fallait pas alerter les autorités.

En vain. La recherche fut infructueuse, tous se retrouvèrent peu à peu à l'Abyssin, à la tombée de la nuit. Ils échangèrent les informations, s'avisèrent mutuellement des lieux où ils avaient cherché le jeune fugueur.

Estéban était encore plus désespéré, il n'avait même plus la force de suggérer la poursuite des recherches. Si Mohammed ne souhaitait pas être retrouvé, les possibilités en pleine campagne étaient infinies pour se cacher.

Peu à peu, chacun rentra chez soi, Jade ferma l'Abyssin et retrouva Estéban assis à une table du café. Mireille était assise en face de lui, guettant probablement le moment opportun de poursuivre son propre récit. Elle avait elle aussi participé consciencieusement aux recherches de

Mohammed, mais ne se sentait pas aussi impliquée que les autres.

– La dernière fois que j'ai vu Martin, c'est lorsqu'on est venu l'arrêter à la villa… tenta Mireille.

Jade interrompit son geste afin de mieux écouter, elle était en train de servir des verres derrière le comptoir. Estéban leva un visage totalement stupéfait vers Mireille. Quel intérêt pouvait bien avoir cette histoire tandis que Mohammed avait disparu et que l'on n'avait pas retrouvé sa trace ?, songeait-il, et comment pouvait-elle penser que son histoire l'intéresserait en cet instant précis ?

– La seule chose qui m'intéresse, trancha Estéban, c'est où est Mohammed maintenant.

Son impassibilité absolue face à Mireille et au récit de la disparition de Martin était effrayante, mais Jade comprenait parfaitement cette réaction. Elle savait pertinemment ce qu'il avait enduré, et ce qu'il endurait encore à ce jour à cause de ces êtres cupides et cyniques. Elle avait saisi également que tant qu'ils étaient en vie, il ne pouvait être tranquille. Et, enfin, il savait combien ce genre d'êtres corrompait toute action à intention humanitaire, même la plus louable et noble.

Alors il se battait pour ces jeunes réfugiés.

*

Cela faisait une semaine que Mohammed n'avait donné aucun signe. Estéban accueillit les membres de l'association avec un caillou dans le cœur. Un caillou qui se transforma en bloc de béton lorsqu'Estelle, celle qui s'occupait en particulier du suivi des affaires judiciaires s'apprêta à prendre la parole. Tout était trop lent de ce côté. Cinq jeunes étaient dans le même cas que Mohammed, l'un d'eux attendait depuis cinq mois déjà, réduit à une effroyable clandestinité. Au moins, savait-on où celui-ci était. Quant aux autres, l'interrogation seule glaçait ceux qui étaient autour de la table à l'Abyssin. Un malaise silencieux s'épaissit lorsqu'Estelle annonça que la régularisation de l'un d'eux était en bonne voie, enfin... Sauf que le jeune en question avait fugué et qu'il était impossible de lui annoncer cette bonne nouvelle.

*

Il fallut attendre trois semaines avant que la même bonne nouvelle soit annoncée au sujet de Mohammed.

Jade et Estéban laissèrent alors éclater une joie furieuse, longuement réprimée. Ils quittèrent aussitôt l'assemblée, sans donner d'explication ni attendre la fin de la réunion.

Lorsqu'un peu plus tard ils arrivèrent chez Valentine, cette dernière les accueillit avec un large sourire, c'était comme si elle avait perçu aussitôt leur expansive bonne humeur. Elle appela Mohammed aussitôt, sans même leur demander quoi que ce fût.

Estéban lui annonça l'heureuse nouvelle lui-même, sa situation allait être régularisée. Mohammed ne put retenir ses larmes davantage, dans lesquelles se mêlaient bonheur, incrédulité, joie inespérée, et toute sa reconnaissance.

– Valentine, comment allez-vous faire sans moi maintenant ? s'inquiéta-t-il.

– Oh ! Pas de problème, tu sais bien que Léo et Minos veillent sur tout ici !

– Merci Valentine, merci pour tout !

– Allez viens, allons retrouver les autres ! dit Jade, sans briser l'enthousiasme de tout le monde.

De retour à l'Abyssin, Jade et Estéban se délectèrent de la joie des membres de l'association qui avaient attendu patiemment leur retour. Mohammed fut accueilli en éclat de joie. Bien sûr, on lui demanda où il était tout ce temps, comment il avait réussi à se cacher. Par réflexe face à n'importe quelle question, c'était la méfiance qui prenait ses droits, alors au lieu de tout raconter, Mohammed amusa la galerie en inventant des péripéties dignes de contes de fées sans jamais mentionner le nom de ceux qui l'avaient aidé, pour les protéger.

L'événement fut dignement fêté le samedi, en prolongement de l'inauguration de la maison Butor, Estéban invita tout le monde à l'Abyssin.

La soirée promettait joie et simplicité, c'était Estéban qui l'avait organisée et les invités tous habitués à son caractère jovial, à peine entamé par les événements de l'hiver, étaient d'humeur festive, chacun un verre à la main déjà, commençant à se dandiner sur la musique que produisait le trio de jazz qu'Estéban avait fait revenir pour cette occasion. Estéban avait toutes les raisons du monde pour mener joyeusement cette troupe dans une douceur futile, pourtant, entre deux mots adressés aux uns et aux autres, il jetait furtivement des regards vers l'extérieur de son café. À Jade qui remarqua sa nervosité et qui l'interrogea à ce sujet, Estéban répondit avec un large sourire que Mohammed n'était pas encore arrivé et qu'il se demandait s'il se prenait déjà pour une star ou s'il s'était finalement dégonflé ! L'accent du sud avec lequel il chantonna cette réponse ne trompa pas Jade, cet accent ressurgissait lorsqu'Estéban perdait le contrôle, elle le savait désormais.

Mohammed fit enfin son entrée, son sourire était franc et radieux, derrière lui, Cellou avançait timidement. Il avait fini par le retrouver, Cellou allait lui aussi retrouver une vie digne et sortir de la clandestinité dans laquelle il s'était réfugié, ignorant tout de la régularisation de sa situation qui avait été décidée après sa fugue.

Presque tous les convives se connaissaient entre eux, ils étaient des habitués du café, habitants du petit village perdu dans la Vallée Verte qui offrait chaque soir à ses résidents des airs de paisible retraite après une journée citadine passée à Genève où la plupart d'entre eux travaillait.

Un premier solo de la contrebasse salua dignement la soirée chaleureuse, Mohammed reprit son poste derrière le comptoir avec un enthousiasme inégalé. Les applaudissements unanimes interrompirent l'éternel laïus de Michel qui fustigeait la loi française qui forçait de jeunes gens à se cacher dans la clandestinité.

Jade et Estéban laissèrent un moment les rênes de la soirée à Mohammed qui débordait d'une énergie farouche, et sortirent prendre l'air et le calme.

– C'est l'homme aux mèches blanches qui est venu l'arrêter…

Mireille était debout dans l'encadrement de la porte d'entrée de l'Abyssin, elle venait de leur adresser cette phrase comme l'on se débarrasse d'une affaire indésirable en déléguant.

Jade venait d'apprendre, la veille, que le Président de la République de Centrafrique, le premier à avoir été élu démocratiquement dans toute la tragique histoire de ce pays, avait été renversé et remplacé par un homme aux affinités douteuses, pour ne rien dire de ses pratiques sanguinairement mafieuses qui imprégnaient sa réputation.

De là à penser que Café Crème avait pu jouer un rôle dans tout ceci, le pas pouvait désormais être franchi.

– Eh ! Ce n'est pas le moment de la pause vous deux !

Mohammed était débordé, il avait laissé les clients pour chercher Jade et Estéban qui s'étaient échappés.

Jade et Estéban se regardèrent, ils n'avaient pas besoin de mots. C'était décidé.

– Mireille, va aider Mohammed ! ordonna Estéban, sans lui laisser la possibilité de répondre.

– Mohammed, prends soin de l'Abyssin ! lança Jade en riant.

Sur ce, ils se mirent à courir en direction de la voiture d'Estéban, ignorant totalement les paroles tous azimuts que Mireille et Mohammed criaient en leur direction. Ces deux-là ne croyaient pas ce qu'ils voyaient. Bien vite, ils furent rappelés à l'ordre par l'impatience des clients de l'Abyssin.

*

Au petit matin, Jade perçut la voix chantante d'Estéban. Son accent du sud avait joliment coloré ses paroles, au diapason de la mer qui roulait tendrement ses vaguelettes à leurs pieds. Tout était si calme, si apaisé.

Un moment de grâce, d'autant que tous deux avaient conscience de son caractère éphémère. Ils l'étirèrent au maximum, offrirent leur visage au soleil, les yeux clos, dans un silence majestueux.

Ils savaient que ce ne serait qu'un moment rare, car en eux sourdait l'eau de la révolte, intarissable, tantôt en filet ténu comme c'était le cas ce matin-là, tantôt en déferlement torrentiel qui les forçait à plonger la tête dans la bouillie du monde selon les hommes.

Jusqu'au surgissement de ces « événements », Estéban évoluait comme dans un scaphandre, une stratégie élaborée par ses soins afin de résister à l'appel de l'engagement. L'arrivée de Jade avait fissuré le scaphandre en plusieurs points, réveillant chez Estéban le besoin d'agir, tout en laissant entrevoir cette promesse jamais dite : à deux, on est moins fragile et plus efficace.

L'Abyssin et les réfugiés les attendaient, Estéban et Jade prolongèrent d'une journée cette pause régénératrice, avant de replonger ardemment dans l'action, au nom de la vie digne et élégante.

Delphine Chatrian, janvier 2020.

Postface

Ce roman relève de la fiction, l'histoire et les personnages sont inventés.

Toutefois, l'invention puise tout naturellement ses ressources minérales dans la réalité, empruntant des lieux, des traits, des phénomènes, des propos, qui nourrissent ensemble souvenirs, réflexions et imagination.

Pour ce roman, l'histoire et les personnages sont en grande partie inspirés de nombreux échanges avec S*, acteur humanitaire. Je me suis inspirée de ses propos, de ses récits et de ses carnets de bord auxquels il m'a si gentiment donné accès. Lors de nos conversations, il a parfois avec honnêteté franchi la barrière de l'autocensure. Parmi tout ce qu'il vit en mission humanitaire, sur le terrain, des choses doivent être tues, car certaines révélations menacent la vie de tel ou tel individu, ou d'autres encore sont trop proches des indicibles épreuves du mal. Je prends avec grande reconnaissance la mesure de la confiance qu'il m'a accordée.

J'aurais aimé, pour lui, donner une voix à l'indicible ; j'espérais trouver dans le biais de la fiction les moyens nécessaires. J'ai rencontré des limites tout en écrivant, lorsque même une transposition, même un travestissement, semblaient ne frôler que trop déjà la réalité, et donc la trahison. Or, par principe, comme un pacte d'écriture, cette dernière était exclue, dès le début, d'une façon absolue et définitive... lorsqu'il s'agit du cœur humanitaire, bien entendu. Car pour le reste, la vie des personnages, l'intrigue, la liberté a conservé tous ses droits, aussi sauvages soient-ils, en terres imaginaires !

L'intention du roman est de donner voix à l'acteur humanitaire lui-même. J'ai distribué de façon plutôt aléatoire ce que je tenais, entre autres, de S* : un peu pour Jade, un peu pour Estéban, pour Pierre et Romy aussi.

Les carnets de bord de S* tiennent du journal dans lequel il consigne des faits, évoque son travail sur le terrain, mais ils témoignent également de ses émotions à l'épreuve des situations tragiques, ainsi que de ses réflexions qu'implique l'action humanitaire elle-même.

Pour ce qui concerne la description des situations, au-delà de la singularité de chacune, elles sont malheureusement similaires à toutes celles dont nous pouvons tous recevoir les échos[1], les images insoutenables même, depuis des décennies.

En 2014, camp de déplacés de Tomping (base des Nations Unies), au Soudan du Sud, où 27 000 déplacés ont trouvé refuge, poursuivis et massacrés par l'ethnie majoritaire à Juba. S* écrit :

> « Le premier mot qui me vient à l'esprit pour évoquer ce camp, c'est le mot violence. Violence de la situation, des images qu'il me reste, des odeurs, des bénéficiaires, du terrain, des conditions de

1. Articles de journaux, ouvrages dédiés à l'action humanitaire, qu'ils relèvent de la fiction ou de l'argumentation.

vie, des relations, des échanges, du travail, du climat, de la précarité de la sécurité, tout semble s'acharner, avec une force inouïe, dans ce camp de Tomping, au plein cœur de la capitale. Un concentré de misère humaine. Un condensé des conséquences d'une nouvelle guerre. »

Mais outre cette horreur bien réelle à laquelle l'acteur humanitaire fait face, il doit affronter d'autres épreuves qui se dressent fréquemment contre lui. C'est le cas lorsque tous les efforts fournis jusqu'à l'épuisement pour sortir de la crise sont soudain brutalement balayés :

> « Cet espoir qui a constitué mon engagement, qui a été mon moteur au cours de cette mission. Mais qu'en restera-t-il ? Jeudi 12 septembre. Toutes les informations convergent pour craindre un embrasement à Birao et à Bria, qui créerait un effet d'emballement, embrasant une partie du pays et mettant fin aux accords de paix. Nous sommes sur une crête très fine, tout peut basculer autant d'un côté (la désescalade) que de l'autre (l'embrasement). » (S*, 12/09/2019).

Ou encore :

> « Samedi 14 septembre. Le premier basculement a eu lieu. Le FPRC a attaqué la ville ce matin. Bilan très lourd, une soixantaine de morts. Bria est encore calme mais sans doute plus pour très longtemps. Il est alors sans doute préférable de tout oublier. Pour poursuivre son engagement, de faire preuve d'une amnésie pour le passé. Pour ne pas se résigner et continuer à y croire. Des milliers de vies sont à secourir aujourd'hui. Il faut oublier les milliers de maisons qu'on leur avait reconstruites, parties en fumée en une nuit, et qui nécessiteront à nouveau plusieurs années de travail. » (S*, 14/09/19).

D'autres épreuves sont plus insidieuses, tenues en embuscade derrière l'aide humanitaire pour en laisser entrevoir la potentielle toxicité. C'est le cas par exemple, et encore, sans évoquer les stratégies géopolitiques[2] à l'œuvre, lorsque les bénéficiaires de l'aide se retournent contre les acteurs humanitaires :

> « Nous sommes souvent interpellés, agressés verbalement dans le camp (de Salamīyah, Irak) par les bénéficiaires. Certains ont répété ces attaques devant les caméras mercredi dernier. Je les observais, impuissant, à raconter, à s'indigner, à crier des faits manifestement imaginés et mensongers. » (S*, 15/11/17).

> « Ces personnes, sont avant tout des individus autonomes et se retrouvent, bien malgré elles, victimes de la guerre et du même coup enfermées dans ce rôle de « bénéficiaires », rôle profondément humiliant, ayant pour corollaire de remettre leur survie dans les mains d›une organisation, qui est plus est étrangère. » (S*, 15/11/17).

Par définition, une crise humanitaire est terrible, mais le secours engagé draine à son tour son lot de tourments. En sachant l'éternel retour de ces crises, et dans de telles situations d'action, puissante est la tentation de succomber à la résignation face à l'absurde, ou au nihilisme. Les carnets de S* en laissent des souvenirs.

> « Je m'interroge pour la suite de ce pays, notre rôle, son avenir possible sans violences. Faut-il être naïf pour faire notre travail ? Comment le faire en toute lucidité, en sachant que rien ne s'améliorera ? » (S* 29/09/19).

Ainsi donc, il doit puiser des forces inouïes, pour continuer à se révolter.

> « Même si rien ne vaut, au moins je ne peux douter que cela serve à quelque chose — sauver des vies, soulager des souffrances — quitte à faire quelque chose. » (S*, 12/02/18).

---

2. Impossible d'éviter pourtant cet aspect si l'on veut se pencher sérieusement sur l'action humanitaire.

> « Que peut-on opposer d›autres, face au vide sidéral de l›univers et à son « silence déraisonnable » que de se battre, ensemble, pour préserver et affirmer cette vie ? Comment peut-on mieux utiliser notre conscience qu›à améliorer les conditions de vie de l'humanité ? Que peut-on créer d'autre comme valeur que l'universalité de la vie ? » (S*, 5/01/18).

Parfois, d'heureux événements viennent salutairement alimenter cette force et réconforter l'acteur humanitaire.

Ainsi S* écrit-il dans son carnet, le 20/02/2017 :

> « Hier, j'ai traversé l'Irak, d'Est en Ouest. Depuis Erbil, en passant par Mossoul, Telafar, Sinjar, pour arriver finalement à Ba'aj (Nord-Ouest de l'Irak, à 20 km de la Syrie). Cette ville, proche de la frontière syrienne, d'où sont originaires la majorité des personnes de notre camp. En sortant d'une réunion avec le maire, dans la rue presque déserte, je crois entendre mon prénom. Cela paraît improbable. Je me retourne. Et je vois un visage, apaisé, souriant, que je crois reconnaître. Il s'agit d'un déplacé du camp, qui est rentré la semaine dernière. Premier moment d'émotion que de le retrouver là, libéré de sa prison. Il nous invite alors chez lui. »
>
> « Je vois son visage rempli de fierté. »
>
> « Il n›est plus rabaissé à dépendre de notre aide. Les rôles s›inversent. Nous sommes enfin à égalité. »
>
> « Une page de sa vie, marquée aux lettres de sang par cette guerre, se tourne enfin. C›est une victoire. Un renouveau, rempli d›espérance. »
>
> « Nous nous y asseyons. Nous discutons. Sa plus jeune fille, de quatre ans, s'amuse en passant et repartant. Il semble régner un doux parfum de légèreté et d'euphorie dans cette maison — un bonheur simple. Le poids de la guerre s'éloigne. Nous discutons, en toute simplicité. Il nous parle de ses projets. Il souhaite reconstituer son troupeau et son élevage de poulets. »

Soudan du Sud, camps de déplacés de Maban, à la frontière avec le Soudan, ceux de Juba, la capitale au moment où la guerre civile éclata (2013), République Centrafricaine, Irak, dans la plaine de Ninive, assistance aux déplacés ayant fui Mossoul au moment de l'offensive de la coalition internationale contre l'État Islamique — autant de théâtres de vies en péril, de guerres, de violence, d'atteinte à l'humanité que S* a connus.

La mission humanitaire est terrible donc, en ce qu'elle met l'acteur face à l'horreur, bien réelle, comme le commun des mortels aujourd'hui peut en prendre conscience avec les réseaux planétaires d'information. Cette horreur amène immanquablement à des questions philosophiques, sur l'existence, la dignité humaine, l'origine du mal, ou son éternel retour, la souffrance, la morale, la justice, notamment.

Depuis une dizaine d'années, l'action humanitaire s'est professionnalisée et coordonnée. Mais l'acteur humanitaire est toujours confronté à ces maux et tourments, face aux dilemmes sur le terrain, face à lui-même aussi, car c'est toute sa personne qui est engagée.

La question du « retour » est à ce titre un autre exemple vertigineux, lors d'une longue mission, l'acteur humanitaire « rentre chez lui » parfois… Le temps d'un voyage en avion le projette d'un univers à un autre, radicalement opposé. Dans l'un la misère, dans l'autre l'opulence ; dans l'un la mise à mal de la dignité humaine, dans l'autre, le souci de la plus grande futilité ; dans l'un l'urgence, dans l'autre la course folle en vanité, *etc.*

Les choses se compliquent encore lorsqu'il s'agit de retourner sur le terrain, devenu son « autre chez lui ».

La confrontation entre deux mondes et l'installation — même la plus précaire — sur le lieu de la mission génèrent d'âpres conflits intérieurs, comme en témoignent ces extraits des carnets de S* :

> « C'est perturbant, radioactif à petit feu, quelque chose qui ne tourne pas rond, les souvenirs se mélangent, c'est temporellement dérangeant, je perds mes repères, je n'arrive plus à me raccrocher à quelque chose de linéaire, comme s'il existait une réalité parallèle, il est très perturbant que ces deux réalités se succèdent sur une même ligne. » (S*, 20/12/18).

> « Les retours schizophréniques, cette double vie. Je suis dans mes montagnes, je regarde les glaciers depuis mon bureau tout en travaillant sur les menaces du FPRC à Bria. Où se trouve la réalité ? Comment mon cerveau peut-il faire le lien entre ces deux mondes étanches ? » (S*, 30/07/19).

> « Ça y est, une fois de plus arrivé à Bangui. Dans mon chez moi, avec mes affaires. Fin de la télé-transportation. Il me faudra quelques jours pour m'en remettre. Les souvenirs se mélangent déjà. Les repères spatiaux temporels ne sont plus les mêmes. Quand je suis là, je ne suis pas là-bas. Quand je suis là-bas, je ne suis pas là. Une banalité, une lapalissade. Mais que je ressens pourtant très fortement. Plongée dans une réalité, l'autre me parait si virtuelle, si étrange. J'ai soudainement du mal à imaginer que j'étais en France. » (S*, 13/08/19).

> « Je vois ces gens marcher dans la rue en France et je pense à ces deux mondes qui ne se rencontrent jamais. Ce n'est plus un continent d'écart, c'est une autre planète. J'oscille d'un monde à l'autre, c'est ce qui fait ma nausée. » (S*, 5/01/19).

On ne peut pas ignorer les crises humanitaires. Dès lors que l'on sait, que faire de cette connaissance douloureuse ? L'une des questions lancinantes est celle-ci : pourquoi ne suis-je pas engagée ? Je n'ignore pas le visage du mal dans le monde, ni la misère, ni la souffrance que subissent des peuples entiers. Je me soucie, à ma modeste mesure, de la dignité humaine. Et pourtant, je vis, « à côté », du « bon côté » du monde.

Pour répondre à cette question belliqueuse, « pourquoi ne suis-je pas engagée ? », une horde de réponses parfaitement raisonnables, raisonnées autant qu'affectives, affluent en masse ordonnée, systématiquement.

Et je donne procuration à S*.

Delphine Chatrian.

Jeudi 2 avril 2020
Jour 17 du premier confinement

L'écriture du roman est achevée depuis quelques mois.

Quelques mois au cours desquels le monde a subi des bouleversements radicaux à cause de la propagation du Coronavirus, auquel on a attribué un nom robotique : « Covid-19[3] ».

Chaque jour sont diffusés des chiffres : nombre de « cas » — c'est-à-dire de personnes affectées par le virus et identifiées comme telles —, nombre de décès, nombre de guéris, nombre de personnes hospitalisées, celui des personnes sous assistance respiratoire. Chaque jour, une cartographie est à disposition. Par département, par région, par pays, par pays voisins, par pays plus lointains, du moins, pour ceux qui sont en capacité d'établir des recensements, du moins pour ceux qui en ont la volonté.

La situation est critique et exige des réactions urgentes.

Oui.

C'est ce que vivent les acteurs humanitaires dans leur quotidien.

Faire face à des dilemmes : « Nous n'avons pas les moyens de sauver toutes les personnes en péril. Alors qui

3. Acronyme anglais de « *Corona Virus Disease* 2019 »

choisir ? ». Celui-ci est sans doute le plus cruel de tous lorsque l'on s'est engagé pour sauver des vies humaines. Mais il n'est pas le seul.

Ce virus nous met certainement, et encore à bien moindre coût dans cette partie nantie du monde, face à la vulnérabilité, à la mort.

Cette même vulnérabilité et cette même mort que les crises humanitaires ne cessent de révéler à ceux qui acceptent de regarder. Car c'est incessant. Loin de nous mais incessant.

S* est de ceux qui ont décidé de non seulement regarder en face, d'abord, mais surtout d'affronter par un engagement effectif sur les terrains des crises humanitaires.

Qu'il en soit remercié, au même titre que tous ceux qui ont suivi cette voie.

Jour 17 du confinement en France. Une organisation sanitaire, de crise certes, néanmoins une organisation.

À ce jour, la plupart des missions humanitaires dans le monde sont stoppées net. Et le virus n'a aucune frontière.

Du même auteure

Lunaire

Delphine Chatrian

C'est face au Mont-Blanc, à proximité de l'énigmatique lac Vert, que Théo vient étudier l'inestimable patrimoine artistique et architectural de la commune de Passy. Mais en fouillant dans le passé, il réveille des événements que certains gardaient secrets, comme la mort étrange de Lunaire… Et si l'histoire des anciens sanatoriums de la ville cachait de bien sombres mystères ?

ISBN 978-2-36351-091-4 - 16, 00 euros.

Catalogue - Parus chez le même éditeur :

La Voie William

Dominique Tetreau

Georges et Jean sont associés et dirigent une Concession automobile. Ils sont aussi grimpeurs et réalisent une sortie en montagne quand leur emploi du temps le leur permet. C'est le cas en cette matinée d'un dimanche de septembre, qui les voit s'attaquer à la voie William. Georges grimpe en tête. Tout se passe bien, du moins jusqu'au deuxième relais, où Jean retrouve son compagnon de cordée assassiné. Et ce n'est que le début d'une série de meurtres que le Colonel Chappaz et le Commissaire Andréani auront bien du mal à élucider.

Dans deux mondes qu'il connaît bien, la montagne et l'automobile, Dominique Tétreau nous promène d'un cadavre à l'autre non sans humour. Cela ne l'empêche pas d'évoquer des sujets de société bien actuels.

ISBN : 978-2-36351-105-8 – 15,00 euros.

À bout de course

Mélanie Fantuzzo

L'ultra-trail du Mont-Blanc. Une course mythique, avec pour toile de fond les plus beaux sommets des Alpes. Alors, quand un coureur s'écroule raide mort de manière suspecte sur la ligne d'arrivée, c'est l'effervescence à Chamonix. Le capitaine Dorset aura besoin de tout son sang-froid pour mener une enquête délicate, entre enjeux politiques et compétition sportive.

ISBN : 978-2-36351-063-1 – 16,00 euros.

Meurtres chez Saint-Pierre

Laurent Pocry

Septembre 1969. Christine, jeune institutrice alsacienne, est mutée à Saint-Pierre-de-Chartreuse. Débute alors une série de meurtres commis avec sophistication. Les soupçons se portent rapidement sur elle, d'autant plus que la jeune femme n'a pas d'alibis. Les gendarmes découvrent en parallèle que le père de l'enseignante était un Alsacien incorporé de force dans l'armée allemande pendant la Seconde Guerre mondiale. Transféré par erreur dans un régiment basé à Grenoble, il s'était rendu plusieurs fois à Saint-Pierre. Existe-t-il un lien entre ces faits remontant à plus de vingt ans, les assassinats et la présence de Christine ?

ISBN : 978-2-36351-092-1 – 18,00 euros.

Ice Crime

Mélanie Fantuzzo

Annecy, sa vieille ville et son lac, un décor de carte postale. Le commissaire Leroux va pourtant rapidement découvrir qu'il ne faut pas se fier au calme apparent. Lorsque les sommets alentour dévoilent des secrets enfouis depuis plusieurs générations, il lui faudra garder la tête froide et les idées claires pour mener à bien une enquête sur le fil des crêtes enneigées.

ISBN : 978-2-36351-088-4 – 15,00 euros.

Sang pour sang trek

Laurent Sarzier

Leonard travaille chez Union Solar Pow, une multinationale des énergies renouvelables. A bientôt 43 ans, ce cadre supérieur partage son temps entre Lyon, Nice et plusieurs capitales d'Europe. Personnage ambivalent, à la fois matérialiste et adepte de la marche contemplative, il s'adonne au geocaching. Le geocaching est une version moderne de la chasse au trésor. Différents sites internet permettent de le pratiquer.

Le principe est d'accéder, par une randonnée d'approche, à un lieu géo-localisé : la cache. Là se trouve une balise, sorte de container étanche à l'intérieur duquel on peut laisser un mot ou ses coordonnées à l'intention des futurs visiteurs. Lors d'une chasse au trésor particulièrement difficile, après avoir trouvé l'ultime balise, Leonard tombe sur le cadavre d'un homme. Son premier réflexe est de s'enfuir, son deuxième, quelques heures plus tard est de retourner sur les lieux pour effacer les traces de son passage.

Mais quand il parvient dans la cache, il s'aperçoit que la balise a disparu. Et avec elle, le petit carnet où il avait inscrit ses propres coordonnées internet...

ISBN : 978-2-36351-049-5 – 15,00 euros.

Au-delà des mouettes du Lac Léman

Claudine Delhio

Le Chablais, région frontalière aux confins de la France, fascine par sa quiétude que rien ne semble pouvoir troubler. Ici, on échange peu de mots, juste ceux nécessaires ! Aussi quand, étrangement, un homme est assassiné, c'est dans le plus grand secret et masqué par les brumes matinales du Léman que les protagonistes vont peu à peu chercher à comprendre. La vielle Yvonne, Mathieu devant cet étonnant tableau trop précieux et enfin Henri muni de son exotique sagaie, vont tour à tour tirer les fils du mystère… Quant à cette journaliste Annelise Lequin, fraîchement débarquée sur les lieux, elle ne pourra pas non plus éviter de mettre son nez dans cette affaire ! Ses découvertes l'amèneront également à rencontrer des personnages hauts en couleurs, au regard ténébreux et au sourire malicieux, reflets de cette région envoûtante et qui lui fera dire : « Sur la rive française du lac Léman, les Chablaisiens vivent d'humour et d'eau fraîche.

ISBN : 978-2-36351-045-7 – 15,00 euros.

L'inconnu de la Roselière

Michel Germain

Sur les rives du lac d'Annecy, par un matin calme d'hiver, un vieux pêcheur découvre un cadavre enfoui sous les roseaux. Qui est cet inconnu ? La gendarmerie locale et la police scientifique mènent l'enquête, de Talloires à Faverges et Saint-Jorioz. Une enquête à rebondissements, empreinte de mystères, dans les brumes du lac de la capitale des Alpes.

ISBN : 978-2-36351-061-7 – 12,00 euros.

Pour contacter l'éditeur :

Éditions Les Passionnés de bouquins
36 impasse du Tonkin
69290 Craponne
Email : contact@les-passionnes-de-bouquins.com
Site Web : www.les-passionnes-de-bouquins.com

Imprimé en France par Sepec Numérique